La ridícula idea de no volver a verte

T0020606

Novela

Rosa Montero
La ridícula idea de no volver a verte

Seix Barral

Obra editada en colaboración con Editorial Planeta – España

© 2013, Rosa Montero
© 2013, Traducción de Diario de Marie Curie: Braulio García Jaén
© de las imágenes: Archivo Rosa Montero: 44 izquierda, 68, 76, 111, 133, 185.207; Forges: 159; Getty Images: 103; Getty/Frederick M. Brown: 45; Getty/Hulton Archive: 42 izquierda; Getty/Kevin Cummins: 44 derecha; Getty/Natasja Weitsz: 11; Getty/Science Sources: 13; Keith Saunders/ Arenapal: 181; Paula Rego: 76, 77; Derechos reservados: 21, 34, 35, 40, 42 derecha, 47, 51, 57, 59, 60, 73, 88, 92, 93, 100, 122, 125, 128, 140, 151, 153, 163, 186, 190.

© 2013, 2014, Editorial Planeta, S. A. – Barcelona, España

Derechos reservados

© 2018, Editorial Planeta Mexicana, S.A. de C.V.
Bajo el sello editorial BOOKET M.R.
Avenida Presidente Masarik núm. 111, Piso 2
Polanco V Sección, Miguel Hidalgo
C.P. 11560, Ciudad de México
www.planetadelibros.com.mx

Diseño de portada: Booket / Área Editorial Grupo Planeta
Fotografía de portada: © Philippe Halsman / Magnum Photos / Contacto
Fotografía de la autora: © Asís G. Ayerbe

Primera edición impresa en España: junio de 2014
ISBN: 978-84-322-2271-9

Primera edición impresa en México en Booket: noviembre de 2018
Vigésima cuarta reimpresión en México en Booket: enero de 2024
ISBN: 978-607-07-5215-5

Impreso en los talleres de Impregráfica Digital, S.A. de C.V.
Av. Coyoacán 100-D, Valle Norte, Benito Juárez
Ciudad de México, C.P. 03103
Impreso en México –*Printed in Mexico*

Biografía

Rosa Montero nació en Madrid. Estudió Periodismo y Psicología. Es autora de las novelas *Crónica del desamor* (1979), *La función Delta* (1981), *Te trataré como a una reina* (Seix Barral, 1983), *Amado amo* (1988), *Temblor* (Seix Barral, 1990), *Bella y oscura* (Seix Barral, 1993), *La hija del caníbal* (1997, Premio Primavera), *El corazón del Tártaro* (2001), *La loca de la casa* (2003, Premio Qué Leer y Premio Grinzane Cavour), *Historia del Rey Transparente* (2005, Premio Qué Leer), *Instrucciones para salvar el mundo* (2008), *Lágrimas en la lluvia* (Seix Barral, 2011), *La ridícula idea de no volver a verte* (Seix Barral, 2013), *El peso del corazón* (Seix Barral, 2015), *La carne* (2016), *Los tiempos del odio* (Seix Barral, 2018), *La buena suerte* (2021) y *El peligro de estar cuerda* (Seix Barral, 2022); del libro de relatos *Amantes y enemigos*, de varias obras periodísticas y de los libros infantiles *El nido de los sueños* y la serie protagonizada por Bárbara. En 2017 recibió el Premio Nacional de las Letras. Su trayectoria periodística ha sido reconocida, entre otros, con el Premio Nacional de Periodismo, el Rodríguez Santamaría y el Premio de Periodismo *El Mundo*. Su obra está traducida a más de veinte idiomas y colabora en el diario *El País*.

 Rosa Montero
 BrunaHusky
 rosamontero_oficial
www.rosamontero.es

Para toda mi gente querida, con amor.
Sabéis quiénes sois aunque no os nombre.

EL ARTE DE FINGIR DOLOR

Como no he tenido hijos, lo más importante que me
ha sucedido en la vida son mis muertos, y con ello me refiero a la muerte de mis seres queridos. ¿Te parece lúgubre, quizá incluso morboso? Yo no lo veo así, antes al
contrario: me resulta algo tan lógico, tan natural, tan
cierto. Sólo en los nacimientos y en las muertes se sale
uno del tiempo; la Tierra detiene su rotación y las trivia-
lidades en las que malgastamos las horas caen sobre el
suelo como polvo de purpurina. Cuando un niño nace o
una persona muere, el presente se parte por la mitad y
te deja atisbar por un instante la grieta de lo verdadero:
monumental, ardiente e impasible. Nunca se siente uno
tan auténtico como bordeando esas fronteras biológicas:
tienes una clara conciencia de estar viviendo algo muy
grande. Hace muchos años, el periodista Iñaki Gabilon-
do me dijo en una entrevista que la muerte de su primera mujer, que falleció muy joven y de cáncer, había sido
muy dura, sí, pero también lo más trascendental que le
había ocurrido. Sus palabras me impresionaron: de hecho, las recuerdo aún, aunque tengo una confusa memoria de mosquito. Entonces creí comprender bien lo que

quería decir; pero después de experimentarlo lo he entendido mejor. No todo es horrible en la muerte, aunque parezca mentira (me asombro al escucharme decir esto).

Pero éste no es un libro sobre la muerte.

En realidad no sé bien qué es, o qué será. Aquí lo tengo ahora, en la punta de mis dedos, apenas unas líneas en una tableta, un cúmulo de células electrónicas aún indeterminadas que podrían ser abortadas muy fácilmente. Los libros nacen de un germen ínfimo, un huevecillo minúsculo, una frase, una imagen, una intuición; y crecen como zigotos, orgánicamente, célula a célula, diferenciándose en tejidos y estructuras cada vez más complejas, hasta llegar a convertirse en una criatura completa y a menudo inesperada. Te confieso que tengo una idea de lo que quiero hacer con este texto, pero ¿se mantendrá el proyecto hasta el final o aparecerá cualquier otra cosa? Me siento como ese pastor del viejo chiste que está tallando distraídamente un trozo de madera con su navaja, y que cuando un paseante le pregunta, «¿Qué figura está haciendo?», contesta: «Pues, si sale con barbas, san Antón; y, si no, la Purísima Concepción.»

Una imagen sagrada, en cualquier caso.

La santa de este libro es Marie Curie. Siempre me resultó una mujer fascinante, cosa que por otra parte le ocurre a casi todo el mundo, porque es un personaje anómalo y romántico que parece más grande que la vida. Una polaca espectacular que fue capaz de ganar dos premios Nobel, uno de Física en 1903 junto con su marido, Pierre Curie, y otro de Química, en 1911, en solitario. De hecho, en toda la historia de los Nobel sólo ha habido otras tres personas que obtuvieron dos galardones, Linus Pauling, Frederick Sanger y John Bardeen, y sólo Pauling lo hizo en dos categorías distintas, como Marie. Pero Linus se llevó un premio de Química y otro de la Paz, y hay que reconocer que este último vale bastante menos (como es sabido, hasta se lo dieron a Kissinger). O sea que Madame Curie permanece imbatible.

Además Marie descubrió y midió la radiactividad, esa propiedad aterradora de la Naturaleza, fulgurantes rayos sobrehumanos que curan y que matan, que achicharran tumores cancerosos en la radioterapia o calcinan cuerpos tras una deflagración atómica. Suyo es también el hallazgo del polonio y el radio, dos elementos mucho más activos que el uranio. El polonio, el primero que encontró (por eso lo bautizó con el nombre de su país), quedó muy pronto oscurecido por la relevancia del radio, aunque últimamente se ha puesto de moda como una eficiente manera de asesinar: recordemos la terrible muerte del ex espía ruso Alexander Litvinenko, en 2006, tras ingerir polonio 210, o el polémico caso de Arafat (otro Nobel de la Paz alucinante). De modo que hasta esas siniestras aplicaciones llegó la blanca mano de Marie Curie. Pero, para bien o para mal, esa fuerza devastadora está en la misma base de la construcción del siglo XX y probablemente también del XXI. Vivimos tiempos radiactivos.

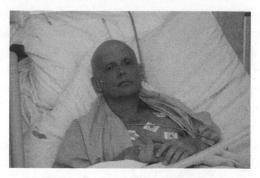

Litvinenko en su lecho de muerte.

La magnitud profesional de Madame Curie fue una absoluta rareza en una época en la que a las mujeres no les estaba permitido casi nada. De hecho, hoy siguen siendo relativamente escasas las científicas, y desde luego todavía se les escatiman los galardones. Desde el comienzo de los Nobel hasta el año 2011 se han llevado el premio 786 hombres por sólo 44 mujeres (poco más del seis por ciento), y además la inmensa mayoría de ellas fueron de la Paz y de Literatura. Sólo hay cuatro laureadas en Química y dos en Física (incluyendo el doblete de Curie, que levanta mucho el porcentaje). Por no hablar de los casos en los que simplemente les robaron el Nobel, como sucedió con Lise Meitner (1878-1968), que participó sustancialmente en el descubrimiento de la fisión nuclear, aunque el galardón se lo llevó en 1944 el alemán Otto Hahn sin siquiera mencionarla, porque además Lise era judía y eran tiempos nazis. Lise tuvo la suerte de vivir lo bastante como para empezar a ser reivindicada y recibir algunos homenajes en su vejez: no sé si eso compensará la herida de una vida entera.

Mucho peor es lo que sucedió con Rosalind Franklin (1920-1958), eminente científica británica que descubrió los fundamentos de la estructura molecular del ADN. Wilkins, un compañero de trabajo con quien mantenía una relación conflictiva (era un mundo todavía muy machista), cogió las notas de Rosalind y una importantísima fotografía que la científica había logrado tomar del ADN por medio de un complejo proceso denominado difracción de rayos X y, sin que ella lo supiera ni lo autorizara, mostró todo a dos colegas, Watson y Crick, que estaban trabajando en el mismo campo y que, tras apropiarse ilegalmente de esos descubrimientos, se basaron en ellos para desarrollar su propio trabajo. Se ignora si Rosalind llegó a conocer el «robo» intelectual del que había sido objeto; falleció muy joven, a los treinta y siete años, de un cáncer de ovario muy probablemente causado por la exposición a esos rayos X que le permitieron atisbar las entrañas del ADN. En 1962, cuatro años después de la muerte de Franklin, Watson, Crick y Wilkins obtuvieron el Nobel de Medicina por sus hallazgos sobre el ADN. Como el galardón no se puede ganar póstumamente, nunca se lo hubiera llevado Rosalind, aunque desde luego se lo merecía. Pero lo más vergonzoso es que ni Watson ni Crick mencionaron a Franklin ni reconocieron su aportación. En fin, una historia sucia y triste. Aunque, por lo menos, se conoce. Me pregunto cuántos otros casos de espionaje, apropiación indebida y parasitismo ha podido haber en la historia de la ciencia sin que hayan llegado a hacerse públicos.

Ésta es Rosalind Franklin: guapa, ¿eh?

(Increíble: mientras redactaba las líneas anteriores, me ha mandado un mensaje a mi facebook una amiga de la página, Sandra Castellanos; no nos conocemos personalmente, sólo sé que vive en Canadá y que es una buena escritora principiante, porque la he leído. Hacía meses que no hablábamos y de repente, salido de la chisporroteante vastedad cibernética, me llega lo siguiente:

Hola, Rosa, vi esto y pensé que te encantaría:

De *Por amor a la física*, de Walter Lewin:

«Los retos de los límites de nuestro equipamiento hacen aún más asombrosos los logros de Henrietta Swan Leavitt, una brillante pero por lo general ignorada astrónoma. Leavitt trabajaba en el Observatorio de Harvard en un puesto secundario en 1908 cuando comenzó su trabajo, que logró dar un salto gigante en la medición de la distancia a las estrellas.

»Este tipo de cosas ha pasado tan a menudo en la historia de la ciencia que el hecho de minimizar el talento, la inteligencia y la contribución de las mujeres científicas debería considerarse un error sistémico.»

Y en el pie de página:

«Le sucedió a Lise Meitner, que ayudó a descubrir la fisión nuclear; a Rosalind Franklin, que contribuyó a descubrir la estructura del ADN; y a Jocelyn Bell, que descubrió los púlsares y que debería haber compartido en 1974 el premio Nobel que le dieron a su supervisor, Anthony Hewish.»

¡Guau! No sabía nada de Leavitt ni de Jocelyn Bell, pero lo que me ha dejado atónita es la espectacular sintonía en el tiempo y el tema. Y lo más inquietante: estas #Coincidencias que parecen mágicas abundan en el territorio literario. Pero de esto hablaremos más adelante).

Yo estaba haciendo otra novela. Llevaba más de dos años tomando notas. Leyendo libros próximos al tema. Dejando crecer el zigoto en mi cabeza. Por fin la comencé, o sea, pasé al acto, me senté delante de un ordenador y me puse a teclear. Fue en noviembre de 2011. Toda la trama sucede en la selva, ese asfixiante, putrefacto, enloquecedor vientre vegetal. Escribí los tres capítulos primeros. Y me gustan. Además sé todo lo que va a pasar después. Y también me gusta, es decir, creo que puede ser emocionante para mí escribirlo. Y, sin embargo, a finales de diciembre dejé esa historia tal vez para siempre (espero que no). Sólo he abandonado otra novela a medio hacer en toda mi vida: sucedió en 1984 y en aquella ocasión llevaba un centenar de páginas. Las tiré, salvo las cinco o seis primeras, que publiqué a modo de cuento con el título de «La vida fácil» en mi libro *Amantes y enemigos*. Esa novela no volverá jamás. Dejé de sentir a los personajes, dejaron de importarme sus peripecias, me cansé del tema. Para poder escribir una novela, para aguantar las tediosas y larguísimas sentadas que ese trabajo implica, mes tras mes, año tras año, la historia tiene que guardar burbujas de luz dentro de tu cabeza. Escenas que son islas de emoción candente. Y es por el afán de llegar a una de esas escenas que, no sabes por qué, te dejan tiritando, por lo que atraviesas tal vez meses de soberano e insufrible aburrimiento al teclado. De modo que el paisaje que atisbas al empezar una obra de ficción es como un largo collar de oscuridad iluminado de cuando en cuando por una gruesa perla iridiscente. Y tú vas avanzando con esfuerzo por el hilo de sombras de una cuenta a la otra, atraída como las polillas por el fulgor, hasta llegar a la escena final, que para mí es la última de estas islas de luz, una explosión radiante. Por cierto que cada novela tiene pocas perlas: con suerte, con muchísima suerte, tal vez diez. Pero incluso puedes apañártelas con cuatro o cinco, si son lo suficientemente poderosas para ti, si son embriagadoras, si las sientes tan grandes que no te caben dentro del pecho y te dices: yo esto tengo que contarlo. Porque, de no hacerlo, presumes que la escena estallaría en tu interior y terminarías sacando chorros de vapor por las narices.

Y lo que sucedió con aquella novela de 1984 es que las bombillas de la verbena se apagaron. Se acabó la necesidad, el temblor y el embeleso. Fue un verdadero aborto, y además tan tardío, digamos metafóricamente de unos cinco meses, que mi salud literaria se resintió: me capturó La Seca, como decía Donoso, y pasé casi cuatro años sin poder escribir. Un maldito infierno, porque al perder la escritura perdí el nexo con la vida. Sentía una atonía, una distancia con la realidad, una grisura que lo apagaba todo, como si no fuera capaz de emocionarme con lo que vivía si no lo elaboraba mentalmente por medio de palabras. Si te fijas bien, es posible que Fernando Pessoa se refiriera a eso en sus célebres versos: «El poeta es un fingidor. Finge tan completamente que llega a fingir dolor del dolor que de veras siente.» Tal vez el escritor sea un tipo más o menos tarado que es incapaz de sentir su propio dolor si no *finge* o construye con palabras sobre ello. Con esas palabras que colocan, que completan, que consuelan, que calman, que te hacen consciente de estar viva. Vaya, todos los términos me han salido con C. Extraordinario. El ciego tintineo del cerebro.

No creo que mi relato de la selva esté tan muerto como aquel de 1984 que me acabó bloqueando. Quiero pensar que es una simple falta de sintonía entre el tema y yo; que no era lo que quería contar ahora; o que antes necesitaba contar otra cosa. Esa novela apareció en mi cabeza durante los meses de la enfermedad de mi marido. Es la trama más oscura, más desesperada y acongojante que he ideado jamás. Y ahora no me veo ahí. No quiero meterme ahí. No deseo pasar el próximo año atrapada en esa selva trituradora.

En ésas estaba cuando llegó un email de Elena Ramírez, editora de Seix Barral. Me proponía que hiciera un prólogo para *Únicos*, una colección de libritos muy breves. El texto del que quería que hablara era el diario de Marie Curie, poco más de una veintena de páginas redactadas a lo largo de doce meses después de la muerte de su marido, que falleció a los cuarenta y siete años atropellado por un coche de caballos. Y la sabia, bruja, maga Elena Ramírez decía: «He pensado en ti porque refleja con una crudeza descarnada el duelo por la pérdida de su marido. Creo que si te gusta la pieza podrías hacer algo estupendo, sobre ella o sobre la superación (si puede llamarse así) del duelo en general. Creo, además, que según hagas la inmersión en el libro y según te sientas al escribir, podría ser un prólogo o el cuerpo central, y el diario de Curie un complemento… ahí lo dejo abierto a cualquier sorpresa.»

Leí el texto. Y me impresionó. Más que eso: me atrapó.

Pero éste tampoco es un libro sobre el duelo. O no sólo.

Compré media docena de biografías de Madame Curie, de la que antes ya sabía cosas, pero no tanto. Y empezó a crecer algo informe en mi cabeza. Ganas de contar su historia a mi manera. Ganas de usar su vida como vara de medir para entender la mía; y no estoy hablando de teorías feministas, sino de intentar desentrañar cuál es el #LugarDeLaMujer en esta sociedad en la que los lugares tradicionales se han borrado (también anda perdido el hombre, desde luego, pero que ese pantano lo explore un varón). Ganas de merodear por las esquinas del mundo, de mi mundo; y de reflexionar sobre una serie de #Palabras que me despiertan ecos, #Palabras que últimamente andan dando vueltas por mi cabeza como perros perdidos. Ganas de escribir como quien respira. Con naturalidad, con #Ligereza.

De pequeña enfermé de tuberculosis. Estuve sin ir al colegio de los cinco a los nueve años y, según consta en la leyenda familiar, me salvó un pediatra llamado don Justo, que era un médico maravilloso y una gran persona y que no cobraba cuando no había dinero. Recuerdo bien las múltiples visitas a don Justo; vivíamos lejos, teníamos que coger un autobús y yo siempre llegaba mareada (por entonces, cuando casi nadie tenía coche propio y la gente viajaba poco en vehículos a motor, era bastante habitual ponerse malísimo en cuanto uno se subía a un automóvil). Al fondo de su consulta, don Justo tenía una especie de cuartito en donde estaba la máquina de rayos X. Una y otra vez, en cada ocasión que fui a verle, durante la enfermedad y las revisiones de los años posteriores, don Justo me ponía de pie en la máquina, desnuda de cintura para arriba porque acababa de auscultarme. Hacía que me colocara bien derecha, con la espalda pegada al metal helado, y luego acercaba a mi pecho la pantalla de rayos, también desagradablemente fría. Yo apoyaba la barbilla en el borde superior: el aparato tenía un ligero aroma como a hierro, un tufo que luego he reconocido en el olor de la sangre. Don Justo y mi madre se instalaban delante de la máquina sin ninguna protección y, tras apagar la lámpara, empezaba el espectáculo; recuerdo la penumbra del gabinete, y cómo las caras del pediatra y de mi madre se iluminaban con el resplandor azulado de los rayos. «¿Ve usted, doña Amalia? —decía don Justo, señalando con el dedo hacia algún rincón de mi pecho—, esa parte aparece más blanca porque la lesión se está calcificando.» Miraban y conversaban animadamente durante un tiempo que a mí me parecía larguísimo, fascinados por el espectáculo de mis interiores. Yo me sentía importante, pero también incómoda e inquieta: esa oscuridad, ese fulgor espectral que parecía convertirlos en fantasmas, por no mencionar la asquerosa idea de que vieran mis tripas. Hoy calculo la cantidad de radiaciones que debimos de recibir todos y se me hiela la sangre, aunque resulta tranquilizador saber que don Justo falleció con casi cien años y que mi madre sigue viva y guerrera a los noventa y uno. Todo esto fue a finales de los cincuenta y principios de los sesenta; Marie Curie había muerto, destrozada por el radio, un cuarto de siglo antes. Ahora pienso en el brillo frío que salía de mi pecho como un ectoplasma y en el zumbido de la máquina y siento una profunda cercanía, una rara intimidad con aquella ceñuda científica polaca. De algún modo, su trabajo ayudó a que me diagnosticaran y me curaran. Por no mencionar que la madre de Marie murió de tuberculosis. ¡Y además yo también he visto ese fulgor azul que Curie tanto amó! Digamos que he sido una niña radiactiva; y ahora soy una madura mayor o una vieja joven que, desde hace un par de años, reside a dos esquinas de la antigua consulta de don Justo, es decir, a cien metros de donde estuvo aquella antigua máquina de rayos X que olía como la sangre. Ahora el piso es un gabinete ginecológico. A veces tengo la sensación de que uno se mueve en la vida dando siempre vueltas por los mismos lugares, como en un desconcertante Juego de la Oca.

Marie Curie no fue sólo la primera mujer en recibir un premio Nobel y la única en recibir dos, sino también la primera en licenciarse en Ciencias en la Sorbona, la primera en doctorarse en Ciencias en Francia, la primera en tener una cátedra... Fue la primera en tantos frentes que resulta imposible enumerarlos. Una pionera absoluta. Un ser distinto. También fue la primera mujer en ser enterrada por sus propios méritos en el Panteón de Hombres Ilustres (sic) de París. Trasladaron sus restos ahí el 26 de abril de 1995 con gran pompa y boato (por cierto que en el Panteón también están Pierre Curie y Paul Langevin, el marido y el amante de Marie) y el discurso del presidente Mitterrand, para entonces ya muy enfermo, enfatizó «la lucha ejemplar de una mujer» en una sociedad en la que «las funciones intelectuales y las responsabilidades públicas estaban reservadas a los hombres». Estaban, dijo. Como si esas desigualdades ya hubieran sido superadas por completo en el mundo contemporáneo. Pero Marie Curie sigue siendo la única mujer enterrada en el Panteón; y el Panteón aún se denomina, faltaría más, de Hombres Ilustres. ¿Cómo conquistó esa polaca sin apoyos ni dinero todo eso, tan temprano, tan sola, tan a contrapelo? Fue una mujer nueva. Una guerrera. Una #Mutante. ¿Por eso estaba siempre tan seria, tan triste? ¿Por eso tenía esa expresión tan trágica en todas sus fotos? Incluso en instantáneas que, como la siguiente, son anteriores a su viudez. Pienso ahora en el viejo chiste del pastor que tallaba una madera y me digo que quizá lo que salga de este libro sea algo intermedio; y que Marie tuvo que ser a la vez san Antón y la Purísima Concepción para llegar a hacer todo lo que hizo.

Pierre y Marie.

LA RIDÍCULA IDEA DE NO VOLVER A VERTE

El verdadero dolor es indecible. Si puedes hablar de lo que te acongoja estás de suerte: eso significa que no es tan importante. Porque cuando el dolor cae sobre ti sin paliativos, lo primero que te arranca es la #Palabra. Es probable que reconozcas lo que digo; quizá lo hayas experimentado, porque el sufrimiento es algo muy común en todas las vidas (igual que la alegría). Hablo de ese dolor que es tan grande que ni siquiera parece que te nace de dentro, sino que es como si hubieras sido sepultada por un alud. Y así estás. Tan enterrada bajo esas pedregosas toneladas de pena que no puedes ni hablar. Estás segura de que nadie va a oírte.

Ahora que lo pienso, en esto es muy parecido a la locura. En mi adolescencia y primera juventud padecí varias crisis de angustia. Eran ataques de pánico repentinos, mareos, sensación aguda de pérdida de la realidad, terror a estar enloqueciendo. Estudié psicología en la Universidad Complutense (abandoné en cuarto curso) justamente por eso: porque pensaba que estaba loca. En realidad creo que ésta es la razón por la que hacen psicología o psiquiatría el noventa y nueve por ciento de los profesionales del ramo (el uno por ciento restante son hijos de psicólogos o psiquiatras y ésos están aún peor). Y que conste que no me parece mal que sea así: acercarse al ejercicio terapéutico habiendo conocido lo que es el desequilibrio mental puede proporcionarte más entendimiento, más empatía. A mí esas crisis angustiosas me agrandaron el conocimiento del mundo. Hoy me alegro de haberlas tenido: así supe lo que era el dolor psíquico, que es devastador por lo inefable. Porque la característica esencial de lo que llamamos locura es la soledad, pero una soledad monumental. Una soledad tan grande que no cabe dentro de la palabra soledad y que uno no puede ni llegar a imaginar si no ha estado ahí. Es sentir que te has desconectado del mundo, que no te van a poder entender, que no tienes #Palabras para expresarte. Es como hablar un lenguaje que nadie más conoce. Es ser un astronauta flotando a la deriva en la vastedad negra y vacía del espacio exterior. De ese tamaño de soledad estoy hablando. Y resulta que en el verdadero dolor, en el dolor-alud, sucede algo semejante. Aunque la sensación de desconexión no sea tan extrema, tampoco puedes compartir ni explicar tu sufrimiento. Ya lo dice la sabiduría popular: Fulanito se volvió loco de dolor. La pena aguda es una enajenación. Te callas y te encierras.

Eso es lo que hizo Marie Curie cuando le trajeron el cadáver de Pierre: encerrarse en el mutismo, en el silencio, en una aparente, pétrea frialdad. Llevaban once años casados y tenían dos hijas, la menor de catorce meses. Pierre había salido esa mañana como siempre camino del trabajo; tuvo una comida con colegas y, al volver al laboratorio, resbaló y cayó delante de un pesado carro de transporte de mercancías. Los caballos lo sortearon, pero una rueda trasera le reventó el cráneo. Falleció en el acto.

Entro en el salón. Me dicen: «Ha muerto.» ¿Acaso puede una comprender tales palabras? Pierre ha muerto, él, a quien sin embargo había visto marcharse por la mañana, él, a quien esperaba estrechar entre mis brazos esa tarde, ya sólo lo volveré a ver muerto y se acabó, para siempre.

Siempre, nunca, palabras absolutas que no podemos comprender siendo como somos pequeñas criaturas atrapadas en nuestro pequeño tiempo. ¿No jugaste, en la niñez, a intentar imaginar la eternidad? ¿La infinitud desplegándose delante de ti como una cinta azul mareante e interminable? Eso es lo primero que te golpea en un duelo: la incapacidad de pensarlo y de admitirlo. Simplemente la idea no te cabe en la cabeza. ¿Pero cómo es posible que *no esté*? Esa persona que tanto espacio ocupaba en el mundo, ¿dónde se ha metido? El cerebro no puede comprender que haya desaparecido para siempre. ¿Y qué demonios es *siempre*? Es un concepto inhumano. Quiero decir que está fuera de nuestra posibilidad de entendimiento. Pero cómo, ¿no voy a verlo más? ¿Ni hoy, ni mañana, ni pasado, ni dentro de un año? Es una realidad inconcebible que la mente rechaza: no verlo nunca más es un mal chiste, una idea ridícula.

A veces [tengo] la idea ridícula de que todo esto es una ilusión y que vas a volver. ¿No tuve ayer, al oír cerrarse la puerta, la idea absurda de que eras tú?

Después de la muerte de Pablo, yo también me descubrí durante semanas pensando: «A ver si deja ya de hacer el tonto y regresa de una vez», como si su ausencia fuera una broma que me estuviera gastando para fastidiarme, como a veces hacía. Entiéndeme: no era un pensamiento verdadero y del todo asumido, sino una de esas ideas a medio hacer que cabrillean en los bordes de la conciencia, como peces nerviosos y resbaladizos. Del mismo modo, de todos es sabido que muchas personas creen ver por la calle al ser querido que acaban de perder (a mí nunca me ha pasado). Lo cuenta muy bien Ursula K. Le Guin en un desnudo poema titulado «On Hemlock Street» (En la calle Cicuta):

> *I see broad shoulders,*
> *a silver head,*
> *and I think: John!*
> *And I think: dead.*

> (Veo una espalda ancha,
> una cabeza plateada,
> y pienso: ¡John!
> Y pienso: muerto.)

He tenido la inmensa suerte y el privilegio de desarrollar cierta amistad con Ursula K. Le Guin, que es uno de los escritores cuyo magisterio sobre mi obra reconozco de manera consciente (el otro es Nabokov). Cuando le escribí hace unos meses contando que quería hacer un libro sobre Madame Curie, contestó:

> Leí una biografía de Marie Curie cuando tenía quince o dieciséis años. Incluía bastantes citas de su diario. Me dejó impresionada, admirada y aterrada. Quizá me esté traicionando la memoria, pero lo que recuerdo es que, después de que Pierre muriera en la calle, ella guardó un pañuelo con el que había tratado de limpiarle la cara. Parte de su sangre y de sus sesos se habían quedado en el tejido, y ella se lo guardó, escondiéndolo de todo el mun-

do, hasta que tuvo que quemarlo. Esa imagen me ha perseguido angustiosamente todos estos años.

Cáspita, me dije, ese detalle no lo he visto en ninguna de las biografías que he utilizado. Teniendo en cuenta la edad de Ursula (nació en 1929), pensé que tal vez se tratara del libro que la segunda hija de Marie, Ève, escribió sobre su madre en 1937. En el momento en que recibí el email de Le Guin aún no había leído esa obra, que está descatalogada y que tuve que rastrear por medio mundo hasta conseguir un ejemplar de segunda mano en inglés. De modo que las palabras de Ursula me hicieron repasar con atención el breve diario de Curie, y descubrí un párrafo que, a la luz de esta siniestra explicación, tenía un sentido muy revelador:

Con mi hermana quemamos tu ropa del día de la desgracia. En un fuego enorme arrojo los jirones de tela recortados con los grumos de sangre y los restos de sesos. Horror y desdicha, beso lo que queda de ti a pesar de todo.

En mi primera lectura, asumí que habían quemado el traje poco después del accidente y tomé lo de «beso lo que queda de ti» como una metáfora, pero ahora me temía lo peor. Esperé con impaciencia la llegada del libro de Ève y, en efecto, me encontré con una escena brutal. Casi dos meses después de la muerte de Pierre, el día antes de que la hermana de Marie, Bronya, regresara a Polonia, Madame Curie le pidió que la acompañara a su dormitorio y, tras cerrar cuidadosamente la puerta, sacó del armario un gran bulto envuelto en papel impermeable: era el gurruño de las ropas de Pierre, con coágulos de sangre y grumos de cerebro pegoteados. Había guardado secretamente esa porquería junto a ella. «Tienes que ayudarme a hacer esto», imploró a Bronya. Y comenzó a cortar el tejido con unas tijeras y a arrojar los pedazos al fuego. Pero cuando llegó a los restos de sustancia orgánica no pudo seguir: se puso a besarlos y a acariciarlos ante el horror de la hermana, que le arrancó las ropas de las manos y acabó con la lúgubre tarea. No me extraña que la imagen se le quedara grabada a la Ursula niña. Ya digo que el sufrimiento agudo es como un rapto de locura. Por fuera, Marie sorprendió por su contención emocional: «Esa helada, calmada, enlutada mujer, la autómata en la que se había convertido Marie», dice su hija Ève. Pero, por dentro, ardía la demencia pura de la pena.

Yo nunca llegué a eso, desde luego; al contrario, quise «portarme bien» en mi duelo y agarré el hacha: me deshice inmediatamente de toda su ropa, guardé bajo llave sus pertenencias, mandé tapizar su sillón preferido, aquel en el que siempre se sentaba. Me pasé de tajante. Cuando llegó el tapicero para llevarse su sillón, me senté en él desesperada. Quería disfrutar del sudor adherido a la tela, de la antigua huella de su cuerpo. Me arrepentí de haber llamado al operario, pero no tuve el coraje o la convicción suficiente para decirle que ya no quería hacerlo. Se llevó el sillón. Aquí lo tengo ahora, recubierto de un alegre y banal tejido a rayas. Jamás he vuelto a usarlo.

«Portarse bien» en el duelo. #HacerLoQueSeDebe. Vivimos tan enajenados de la muerte que no sabemos cómo actuar. Tenemos un lío enorme en la cabeza. A mí me sucedió que tomé mi duelo como una enfermedad de la que había que curarse cuanto antes. Creo que es un error bastante común, porque en nuestra sociedad la muerte es vista como una anomalía y el duelo, como una patología: «Hablamos constantemente de muertes evitables, como si la muerte pudiera prevenirse, en vez de posponerse», dice la doctora Iona Heath en su libro *Ayudar a morir*. Y Thomas Lynch, ese curioso escritor norteamericano que lleva treinta años siendo director de una funeraria, explica en *El enterrador*: «Siempre estamos muriendo de fallas, anomalías, insuficiencias, disfunciones, paros, accidentes. Son crónicos o agudos. El lenguaje de los certificados de defunción —el de Milo dice *fallo cardiopulmonar*— es como el lenguaje de la debilidad. De la misma manera, se dirá que la señora Hornsby, en su pena, está derrumbada, destrozada o hecha pedazos, como si hubiera algo estructuralmente incorrecto en ella. Es como si la muerte y el dolor no formaran parte del Orden de las Cosas, como si el fallo de Milo y el llanto de su viuda fueran, o debieran ser, fuente de vergüenza.»

Y, en efecto, yo no quería sentirme avergonzada por mi dolor. Soy de ese tipo de personas que siempre intentan #HacerLoQueSeDebe, por eso saqué tantas matrículas de honor en el instituto. Así que procuré plegarme a lo que creía que la sociedad esperaba de mí tras la muerte de Pablo. En los primeros días, la gente te dice: «Llora, llora, es muy bueno», y es como si dijeran: «Ese absceso hay que rajarlo y apretarlo para que salga el pus.» Y precisamente en los primeros momentos es cuando menos ganas tienes de llorar, porque estás en el *shock*, extenuada y fuera del mundo. Pero después, enseguida, muy pronto, justo cuando tú estás empezando a encontrar el caudal aparentemente inagotable de tu llanto, el entorno se pone a reclamarte un esfuerzo de vitalidad y de optimismo, de esperanza hacia el futuro, de *recuperación* de tu pena. Porque se dice precisamente así: Fulano aún no se ha *recuperado* de la muerte de Mengana. Como si se tratara de una hepatitis (pero no te recuperas nunca, ése es el error: uno no se recupera, uno se reinventa). No es mi intención criticar a nadie al contar esto: ¡Yo también he actuado así, antes de saber! Yo también dije: Llora, llora. Y tres meses después: Venga, ya está, levanta la cabeza, anímate. Con la mejor de las intenciones y el peor de los resultados, seguramente.

Con esto no quiero decir que los deudos tengan que pasarse dos años vestidos de luto, encerrados en sus casas y sollozando de la mañana a la noche, como antaño se hacía. Oh, no, el duelo y la vida no tienen nada que ver con eso. De hecho, la vida es tan tenaz, tan bella, tan poderosa, que incluso desde los primeros momentos de la pena te permite gozar de instantes de alegría: el deleite de una tarde hermosa, una risa, una música, la complicidad con un amigo. Se abre paso la vida con la misma terquedad con la que una plantita minúscula es capaz de rajar el suelo de hormigón para sacar la cabeza. Pero, al mismo tiempo, la pena también sigue su curso. Y eso es lo que nuestra sociedad no maneja bien: enseguida escondemos o prohibimos tácitamente el sufrimiento.

Mañana del 11 de mayo de 1906

Pierre mío, me levanto después de haber dormido bien, relativamente tranquila, apenas hace un cuarto de hora de todo eso y, fíjate, otra vez tengo ganas de aullar como un animal salvaje.

Estas cosas decía Marie en su diario.
El escalofrío de la impudicia.

Probablemente Marie Curie se salvó de la aniquilación gracias a redactar estas páginas. Que son de una sinceridad, de un desgarro y de una desnudez impactantes. Es un diario íntimo; no estaba pensado para ser publicado. Pero, por otra parte, no lo destruyó. Lo conservó. Claro que era una carta personal dirigida a Pierre. Un último nexo de #Palabras. Una especie de postrer cordón umbilical con su muerto. No me extraña que Marie fuera incapaz de desprenderse de estas anotaciones desconsoladas.

Confieso que, durante muchos años, consideré que era una indecencia hacer un uso artístico del propio dolor. Deploré que Eric Clapton compusiera *Tears in Heaven* (Lágrimas en el Cielo), la canción dedicada a su hijo Conor, fallecido a los cuatro años de edad al caer de un piso 53 en Nueva York; y me incomodó que Isabel Allende publicara *Paula*, la novela autobiográfica sobre la muerte de su hija. Para mí era como si estuvieran de algún modo traficando con esos dolores que hubieran debido ser tan puros. Pero luego, con el tiempo, he ido cambiando de opinión; de hecho, he llegado a la conclusión de que en realidad es algo que hacemos todos: aunque en mis novelas yo huya con especial ahínco de lo autobiográfico, simbólicamente siempre me estoy lamiendo mis más profundas heridas. En el origen de la creatividad está el sufrimiento, el propio y el ajeno. El verdadero dolor es inefable, nos deja sordos y mudos, está más allá de toda descripción y todo consuelo. El verdadero dolor es una ballena demasiado grande para poder ser arponeada. Y sin embargo, y a pesar de ello, los escritores nos empeñamos en poner #Palabras en la nada. Arrojamos #Palabras como quien arroja piedrecitas a un pozo radiactivo hasta cegarlo.

Yo ahora sé que escribo para intentar otorgarle al Mal y al Dolor un sentido que en realidad sé que no tienen. Clapton y Allende utilizaron el único recurso que conocían para poder sobrellevar lo sucedido.

El arte es una herida hecha luz, decía Georges Braque. Necesitamos esa luz, no sólo los que escribimos o pintamos o componemos música, sino también los que leemos y vemos cuadros y escuchamos un concierto. Todos necesitamos la belleza para que la vida nos sea soportable. Lo expresó muy bien Fernando Pessoa: «La literatura, como el arte en general, es la demostración de que la vida no basta.» No basta, no. Por eso estoy redactando este libro. Por eso lo estás leyendo.

UNA JOVEN ESTUDIANTE MUY SABIA

No he conseguido encontrar una foto de Marie Curie en la que aparezca sonriendo. Es verdad que, como me dijo mi amigo Martin Roberts, en las fotos antiguas la seriedad era una expresión habitual, porque la exposición se tomaba mucho tiempo y los modelos tenían que permanecer quietos un rato largo. Pero una cosa es estar serios y otra tener un aspecto trágico. A Pierre Curie, por ejemplo, se le ve con frecuencia muy risueño. Todo lo contrario que Marie. Su retrato menos ceñudo y áspero es el de una instantánea que llaman «la foto del matrimonio» y que está sacada en 1895. Ahí, si una se fija bien, parece bailar algo semejante a una levísima distensión en la boca de Marie. Nada que pueda llamarse sonrisa, pero por lo menos su gesto resulta franco y casi alegre.

Todos los demás retratos son tremendos; cuando no está tiesa y seca como un sepulturero, muestra una expresión definitivamente triste, incluso dramática. Es algo tan llamativo que llegué a sospechar que Marie Curie tenía mala dentadura y que por eso no quería sonreír (las personas somos así de maniáticas: yo, por ejemplo,

La foto del matrimonio.

siempre sonrío hasta en las fotos menos adecuadas, porque, cuando estoy seria, se me pone una cara de apenado perro pachón con la que no me siento identificada). Pero en la biografía de Sarah Dry se citan las palabras de Eugénie Feytis, una estudiante de Marie de cuando la científica daba clases de física y química en la Escuela Normal Superior de Sèvres. Y Eugénie decía: «Con frecuencia sucedía que el hermoso rostro de nuestra profesora, normalmente serio, se iluminaba con una divertida y encantadora sonrisa ante alguna de nuestras observaciones.» ¿Con frecuencia? ¿Divertida y encantadora sonrisa? Dejando al margen la poca fiabilidad que toda memoria tiene (lo que recordamos es una reconstrucción imaginaria), la verdad es que no consigo visualizar a Marie así.

En general, lo que más predomina en sus retratos es

un entrecejo voluntarioso, una frente embestidora, una boca apretada del esfuerzo. Es el rostro de alguien enfadado con el mundo, o más bien de alguien en plena batalla contra todo. Incluso en la foto en la que probablemente ella se gustaba más, porque era la que más le gustaba a Pierre, aparece con una expresión enfurruñada. Dice en su diario:

> Te pusimos en el ataúd el sábado por la mañana, y yo sostuve tu cabeza mientras lo hacíamos. ¿A que tú no habrías querido que nadie más sostuviera esa cabeza? Te besé, Jacques también y también André [el hermano y el más íntimo colaborador de Pierre, respectivamente]; dejamos un último beso sobre tu cara fría pero tan querida como siempre. Luego, algunas flores dentro del ataúd y el pequeño retrato mío de «joven estudiante aplicada», como tú decías, y que tanto te gustaba.

Pierre siempre llevaba una copia de este retrato en el bolsillo de su chaleco. Marie está jovencísima y rolliza: probablemente es de cuando llegó a París en el otoño de 1891, a los veinticuatro años. Era una polaca alta y robusta, de todas las hermanas tal vez la más entrada en carnes, y desde luego una mujer muy fuerte: de otro modo no se entiende que aguantara las dosis letales de radiación que recibió durante tanto tiempo. Luego enseguida empezó a adelgazar y la mayor parte de su vida fue una mujer delgadísima, casi fantasmal. En su leyenda consta que, durante los cuatro años que estudió en la Sorbona, se alimentaba de pan, chocolate, huevos y fruta. Vivía en una habitación en un sexto piso sin ascensor y tenía que romper el hielo de la palangana para lavarse. Una noche, ya sin carbón para la pequeña estufa ni dinero para comprarlo, pasó tanto frío que no podía conciliar el sueño; de modo que se levantó, se vistió como una cebolla con toda su ropa y echó encima de la cama cuantas telas tenía, el mantel, la toalla. Aun así seguía tiritando, y al final colocó sobre su cuerpo, en precario equilibrio, la única silla de que disponía, para que el peso le proporcionara una engañosa sensación de calor.

Alguna vez se desmayó, dicen que de hambre, aunque ella siempre recordaba aquella época como muy feliz. Más tarde, ya casada, mientras trabajaba frenéticamente en sus investigaciones radiactivas, seguía alimentándose muy mal (eso también forma parte de lo legendario). Georges Sagnac, un colega de los Curie, escribió a Pierre una carta preocupado por el aspecto de Marie: «Me he quedado sorprendido, al ver a Mme. Curie en la Sociedad de Física, por la alteración de su aspecto [...]. Difícilmente coméis, ninguno de los dos. Más de una vez he visto a Mme. Curie mordisquear dos rodajas de salchicha y beberse una taza de té. ¿No crees que una constitución robusta sufrirá por una alimentación tan insuficiente?»

¿Padecería Marie Curie algún trastorno alimenticio? ¿Sería anoréxica? ¿Era ese aspecto de esqueleto en vida, típico de quienes sufren esta dolencia, lo que espantó a Sagnac hasta el punto de hacerle escribir una carta a Pierre? Eran tiempos proclives a la anorexia, sobre todo en mujeres que, como ella, luchaban contra la estrecha jaula de las convenciones. Además Curie poseía un talante perfeccionista y obsesivo, muy habitual en este tipo de enfermas. Y era una ferviente partidaria del ejercicio físico, otra pasión que suelen tener las personas con trastornos alimenticios: montaba en bicicleta, subía montañas, nadaba, obligaba a sus hijas a hacer gimnasia (instaló en el jardín una barra con anillas y una cuerda con nudos para que las niñas se ejercitaran). En fin, no hay datos suficientes para formular un diagnóstico: tal vez sólo fuera una cuestión de falta de dinero, de falta de tiempo, de falta de mimo hacia su propia persona... Algo le faltaba, en cualquier caso, para tratarse tan mal. Aunque su delgadez marchita de las últimas décadas sin duda ya se debía a los estragos de la radiactividad.

Marie tuvo una vida muy difícil desde siempre: no es de extrañar su ceño y su expresión quebrada. Por no tener, ni siquiera tuvo un país propio cuando nació: en 1867 Polonia no existía, estaba dividida entre Rusia, Austria y Prusia. Varsovia, la ciudad de Marie (entonces se llamaba Marya Skłodowska, aunque todo el mundo la llamaba Manya), se encontraba bajo el gobierno de los rusos, que eran los más duros: la lengua estaba prohibida y la represión era feroz. Los padres de Manya venían de una pequeña aristocracia empobrecida y eran los dos profesionales, los dos muy cultos e inteligentes. La madre, Bronisława, era directora de una prestigiosa escuela para niñas; el padre, Władisław, profesor de física y química en un liceo. Marie fue el quinto y último hijo que tuvieron (antes hubo tres chicas y un solo chico, Józef) y, al poco de nacer, el padre fue nombrado subdirector de un instituto en las afueras de la ciudad. Se mudaron a vivir allí y la madre intentó seguir con su trabajo, pero quedaba muy lejos; así que renunció, porque evidentemente el destino del hombre era el prioritario. De modo que Bronisława se convirtió en una simple ama de casa y poco después enfermó de tuberculosis. Puede que ambos hechos estuvieran de alguna manera relacionados: la frustración y la pena bajan las defensas.

Cuentan los biógrafos que, tras enfermar, la madre dejó de tocar a sus hijas para no contagiarlas; y que Marie, todavía muy pequeña, no pudo entenderlo y se sintió rechazada. Suena a melodrama, pero al parecer es cierto. Aún es más melodramático el hecho de que en 1874 muriera la hermana mayor, de tifus, a los veinte años; y de que, cuatro años más tarde, la tuberculosis acabara con la madre. Cuando quedó huérfana, Manya tenía tan sólo once años. Las fotos de la época, como es natural, ya son tristísimas.

Al parecer a Marie le encantaba la literatura y escribir (escribía sorprendentemente bien) y sopesó durante cierto tiempo dedicarse a ello. Pero al fin se decidió por la física y la química, como Władisław: #HonrarAlPadre. Claro que el increíble empeño y la monumental energía que Manya tuvo que invertir para seguir adelante y poder estudiar y desarrollar una carrera propia puede entenderse también como una manera de #HonrarALaMadre: ella no iba a dejar su profesión, como había hecho Bronisława; ella no iba a terminar encerrada en la triste jaula de lo doméstico.

#HonrarALosPadres, pues: qué tremendo mandato, qué obligación subterránea y a menudo inconsciente, qué trampa del destino. Crecemos con el poderoso mensaje de nuestros progenitores calentándonos la cabeza y a menudo terminamos creyendo que sus deseos son nuestros deseos y que somos responsables de sus carencias. Un ejemplo: durante la última década del siglo xx, tanto Italia como España nos fuimos turnando para ocupar alternativamente el primer y segundo puesto mundial del crecimiento demográfico negativo. Es decir: éramos los dos países que menos hijos teníamos del planeta (luego esta tendencia se difuminó cuando empezamos a recibir tantos emigrantes). Y qué curioso que fueran justamente nuestras dos sociedades: católicas, muy machistas hasta hace muy poco, con una reciente y radical evolución en cuanto al papel de la mujer. Déjame que te diga cómo lo veo: nuestras madres vivieron atrapadas por el sexismo pero pudieron contemplar el cambio social, que sucedía delante mismo de sus ojos aunque ellas ya no pudieran beneficiarse de ello. ¡Y qué frustración debía de provocarles no haber podido gozar de las libertades de los nuevos tiempos por un margen tan fino! «Yo es que he nacido demasiado pronto», «Yo es que debería tener treinta años menos»: he oído a esas mujeres repetir estas frases una y otra vez. Entonces criaron a sus hijas, a varias generaciones de hijas, desde esa rabia y esa pena. Y nos llenaron los oídos con sus amargos pero hipnotizantes susurros; con palabras candentes como el plomo líquido: «No tengas hijos, no seas como yo, no te dejes atrapar en el papel doméstico, sé libre, sé independiente, haz por mí todo lo que yo no pude hacer.» Y nosotras, claro está, obedecimos: miles de españolas (y de italianas) hemos prescindido de los hijos. #HonrarALaMadre.

Ahora que lo pienso, esa enardecedora consigna materna viene a ser como decirte: no seas tan mujer. No seas tan *femenina*. O no lo seas tanto como yo lo he sido. Sé otro tipo de mujer. Sé una #Mutante. Esa hembra sin lugar, o en busca de otro #Lugar.

Algo de esto debió de sucederle también a Manya Skłodowska con respecto a la feminidad de su madre. Según la única foto que he visto de ella, Bronisława parecía una mujer bella, delicada, primorosa, coqueta, bien arreglada. Muy femenina. Nuestra Marie nunca se ponía tan guapa: esos rasos, esos canutillos, esos cuellos, esos puños esponjosos, ese peinado impecable, esa mirada soñadora.

Por el contrario, Manya siempre hizo gala de austeridad, casi de descuido en la vestimenta. Desde luego durante mucho tiempo no dispuso de dinero para fruslerías; en Varsovia la familia pasó por enormes apuros económicos, hasta el punto de que tuvieron que poner una especie de pensión en su casa y alquilar habitaciones a estudiantes. Pero ni siquiera cuando tuvo fondos suficientes se acicaló. Al contrario: se diría que tanto ella como su hija mayor, Irène, que también ganaría en 1935 un Nobel de Química (fue la segunda mujer que consiguió un galardón científico, treinta y dos años después de su madre), cultivaban a propósito la desnudez ornamental, el desdén por las pompas decorativas. Alardeaban de su falta de feminidad. La hija pequeña, Ève, que luego se haría pianista, periodista y escritora, era, por el contrario, atractiva y coqueta, una muchacha a la moda que vestía con gusto y se maquillaba. Y por ello recibió cáusticas y burlonas reprimendas de su madre, que se metía con los escotes que llevaba o con su uso de cosméticos. En su libro, en el que se cita a sí misma en tercera persona, Ève cuenta varias escenas de desencuentro penosamente desternillantes:

> Los momentos más dolorosos eran los de la caja de maquillajes. Después de un prolongado esfuerzo hasta conseguir lo que ella creía que era un resultado perfecto, Ève accedía a la petición de su madre: «Date un momento la vuelta para que pueda admirarte.» Entonces Madame Curie la examinaba ecuánime y científicamente, y al final con consternación: «Bueno, desde luego en principio no tengo objeción a todo este embadurnamiento y pintarrajeo. Sé que se ha hecho desde siempre. En el antiguo Egipto las mujeres inventaron cosas mucho peores... Sólo te puedo decir una cosa: lo encuentro espantoso.»

Y así día tras día. En otra parte del libro, Ève se permite una sombra de ironía que casi nunca utiliza en su amorosa biografía sobre su madre: «Si Marie iba a una tienda con Ève, nunca miraba los precios, pero con infalible instinto apuntaba con sus manos nerviosas hacia el vestido más simple y el sombrero más barato.» Por todo esto, supongo, y por otras cosas de las que hablaremos más tarde, Ève dice en el libro: «Mis años de juventud no fueron felices.» En fin, comparar los retratos de las dos hermanas, de Irène, la hija obediente con el mandato materno, y de Ève la díscola, equivale a un tratado de varias páginas sobre lo que es o no es lo femenino y sobre el #Lugar o el no #LugarDeLaMujer.

Ésta es Ève Curie.

Ésta es Irène Curie.

En una carta escrita por Einstein a su prima y futura segunda esposa en 1913, dice lo siguiente: «Madame Curie es muy inteligente pero es tan fría como un pez, lo cual quiere decir que carece de todos los sentimientos de alegría o pena. Casi la única forma que tiene para expresar sus sentimientos es despotricando sobre las cosas que no le gustan. Y tiene una hija [Irène] que es incluso peor: parece un granadero. Esta hija está también muy dotada» (lo cuenta José Manuel Sánchez Ron en su libro sobre Curie).

Einstein terminó siendo muy amigo de Marie y escribió cosas hermosísimas sobre ella; ésta es una carta privada y además probablemente estaba coqueteando con su prima y deseaba hacerla reír con sus chismorreos malandrines. Pero por detrás de sus palabras se diría que laten los estereotipos habituales. Me refiero a que en las mujeres resultan chocantes los atributos tradicionalmente masculinos. Si en un hombre se considera elegante y viril la contención emocional, a una mujer como Marie le hace parecer, según Einstein, un bacalao. De igual modo, nunca se suele resaltar como valor negativo que un hombre sea ambicioso: al contrario, forma parte de su capacidad de lucha, de su competitividad, de su grandeza. Pero una mujer ambiciosa... ay, es una bruja. Mala de verdad. En fin, el párrafo da a entender que ambas Curie son poco femeninas. Tan poco, desde luego, que Irène parece un granadero. Pero, eso sí, las respeta a las dos intelectualmente. Que te respete intelectualmente Einstein no es moco de pavo. Quizá tuvieron que ataviarse así, como secas misioneras de la ciencia, para que las tomaran en serio.

En mi generación nos pasó algo parecido. Soy de la contracultura de los años setenta: desterramos los sujetadores y los zapatos de aguja y dejamos de afeitarnos las axilas. Después volví a depilarme, pero de alguna manera seguí luchando contra el estereotipo tradicional femenino. Nunca he llevado tacones (no sé andar con ellos). Nunca me he puesto laca en las uñas de las manos. Nunca me he pintado los labios. Durante años llevé gafas en vez de lentillas, no usaba rímel ni *make up* y siempre vestía vaqueros. «¡Hija mía, cómo afrentas tu hermosura!», se quejaba mi padre, casi elegíaco. Pero es que por entonces era verdaderamente difícil que te tomaran en serio siendo mujer; en consecuencia, había que parecerlo más bien poco. Había que mimetizarse y ser uno más de los muchachos. Y la recién inventada píldora, además, fomentaba ese espejismo, en realidad machista, de la «no feminidad», borrando de un plumazo el riesgo al embarazo. Vivíamos y follábamos como hombrecitos.

Foto mía de la época en la que había que ser «uno más de los muchachos».

Patti Smith, uno de los más claros símbolos de esa generación de mujeres.

Incluso escondí durante décadas mi parte más imaginativa y fomenté la lógica, porque las discusiones intelectuales y racionales eran el ámbito del varón, el territorio de combate en donde te ganabas el respeto del

contrario, mientras que las fantasías eran vagarosas ton-
tunillas de mujer. Por eso mis primeras novelas son todas más realistas, y sólo pude comenzar a liberarme de
esa represión o mutilación mental con mi quinto libro,
Temblor, una novela de ciencia ficción que fue publica-
da en 1990, es decir, cuando yo ya había cumplido la
más que respetable edad de treinta y nueve años. Todo
ese tiempo me costó empezar a sacar a la luz mi parte
fantástica, a esa niña imaginativa que había mantenido
prisionera bajo siete llaves en mi interior. Con el tiempo, las mujeres aprendimos que ser como los hombres
no era precisamente lo más deseable. Y, en vez de una
Patti Smith, las chicas de hoy tienen una Lady Gaga, que
se viste de hombre, de mujer o de filete de ternera, según le viene en gana. Mucho más libre.

Pero volviendo a las fotos de Curie: hay una que me
encanta. Y tampoco sonríe, claro, pero ¡tiene una expre-

sión tan poderosa! La mirada de quien está dispuesta a llegar a donde sea necesario para conseguir sus objetivos. ¡Y qué tremenda lucha implicaba eso! Para hacernos una ligera idea, recordemos que Manya Skłodowska era una magnífica alumna en su instituto, pero pese a sacar las mejores notas no podía seguir estudiando porque en la Polonia ocupada las mujeres tenían prohibido el acceso a la universidad (en realidad esto sucedía en casi todo el mundo). En unas notas autobiográficas que redactó muchos años más tarde, dice:

> Por las noches [de adolescente, tras terminar a los catorce años el instituto] solía estudiar. Había oído que algunas mujeres habían logrado cursar estudios en San Petersburgo o en el extranjero y me propuse estudiar por mi cuenta para seguir su ejemplo.

¡Cielo santo! ¡Dice que *había oído*! ¡*Algunas!* ¡En *el extranjero*! Casi como quien escucha una leyenda fabulosa, rumores de la existencia del unicornio alado. Desde estas simas construyó Marie su espléndida vida, con el agravante de que, además, en su familia no había un céntimo para pagarle estudios a la niña, y no digamos ya fuera del país. Así que, cuando terminó el instituto, y después de un año de depresión, Marie se contrató como institutriz. Había llegado a un acuerdo con su hermana Bronya, dos años mayor que ella, para que ésta se marchara a París a estudiar medicina; Marie la ayudaría económicamente, y cuando Bronya acabara sus estudios sería ella quien ayudara a Marie a hacer su carrera. Cuánta voluntad hay que tener para hacer todo eso, cuando además el entorno no sólo no te favorece, sino que te hace sentir anómala, absurda en tus pretensiones, disparatada. Para decirlo de otro modo: nadie esperaba nada de Manya. No me extraña que tuviera que apretar tanto los dientes. Aunque, por otro lado, también el exceso de expectativas y el tiránico imperativo de la gloria y el éxito que han padecido los varones puede acabar siendo una trampa fatal. ¡Cuántos hombres se han rendido, incapaces de estar a la imposible altura de unas expectativas desaforadas! Como dice la escritora Nuria Labari, la #Ambición tiene una odiosa forma de matar el talento. Pero ésa es otra historia.

PÁJAROS CON LAS PECHUGAS PALPITANTES

Ya está dicho que Marie creció en un ambiente político muy enrarecido. En 1864, tres años antes de su nacimiento, los rusos aplastaron una insurrección nacionalista y ahorcaron a los cabecillas, dejando sus cuerpos colgados de las murallas de la ciudadela de Alejandro durante el verano para que se pudrieran a la vista de todos: un espectáculo de ferocidad medieval que no debió de mejorar las relaciones entre los opresores y los oprimidos. En la escuela, Manya y sus compañeras daban las clases en polaco, lo cual estaba prohibido; pero el centro tenía previsto un sistema de timbres para advertir a los profesores de la llegada de los inspectores rusos. Uno de esos días, Marie y sus veinticinco compañeras estaban estudiando la historia de Polonia cuando recibieron el aviso; inmediatamente guardaron los libros y sacaron las labores, tal y como tenían ensayado, de modo que, cuando entró el inspector, las niñas estaban cosiendo ojales modosamente. Entonces la profesora mandó salir a la pizarra a Marie, porque era la mejor alumna de la clase, y el tipo le hizo recitar el padrenuestro en ruso y soltar la lista de los zares con todos sus títulos. Lo hizo bien, pero se sintió terriblemente humillada y lloró con desconsuelo cuando el hombre se fue.

Comprendo la angustia de Marie: las preguntas del ruso estaban hechas con la intención de domar y avasallar. Pero, por otro lado, la escena me parece de lo más simbólica. Tal vez el incidente le enseñara a Manya que la mujer que cose es una impostora. O sea: es alguien que sabe mucho más y hace mucho más que pespuntear ojales con mansedumbre. Los ambientes revolucionarios siempre han sido favorables al avance de las mujeres; los momentos socialmente anómalos dejan fisuras en el entramado convencional por donde se escapan los espíritus más libres. Quiero decir que, por esas paradojas de la vida, es posible que la represión rusa ayudara a Marie a romper los prejuicios machistas de la época; unidos por la resistencia nacionalista, los hombres y las mujeres polacos eran sin duda más iguales.

Además ese entorno efervescente contribuyó a que Marie se concienciara y posicionara ideológicamente desde muy pronto. Apenas llegada a la adolescencia, la futura Madame Curie se convirtió en una entusiasta seguidora del positivismo de Comte, que se apartaba de la religión y consagraba la ciencia como única vía para conocer la realidad y mejorar el mundo. Manya, que había abandonado la fe tras la muerte de su madre, se entregó con pasión al romanticismo científico. A los dieciocho años le mandó a su mejor amiga un retrato que se había hecho junto a su hermana mayor Bronya, y la dedicatoria decía: «A una positivista ideal de dos positivas idealistas.» Por cierto que en este retrato se la ve rechoncha cual manzana.

Manya y Bronya Skłodowska.

Pero aun así, a pesar del calor de los ideales y de la lucha nacionalista, me imagino a Marie en esa escuela, siendo la pequeña de cinco hermanos (cuatro, tras la muerte de la mayor), sin dinero, una simple niña humillada por los invasores. ¿Qué podía esperar de la vida? En *Nada* (1944), la maravillosa novela escrita en estado de gracia por Carmen Laforet a los veintitrés años, la narradora habla de las amigas de su tía, que antaño fueron unas jóvenes felices y ahora eran mujeres atormentadas y marchitas, y dice: «Eran como pájaros envejecidos y oscuros, con las pechugas palpitantes de haber volado mucho en un trozo de cielo muy pequeño.» Ése era el destino más probable que le aguardaba a Manya: un trozo de cielo demasiado pequeño y un corazón casi roto después de haberse estrellado una y otra vez contra los límites. No creo que por entonces nadie diera un céntimo por la pequeña Skłodowska.

Pero Marie tenía #Ambición. Bueno, la tenía de esa

confusa, contradictoria manera con la que las mujeres nos relacionamos con nuestras ambiciones. Por fortuna las cosas están cambiando mucho en las ultimísimas generaciones, pero hasta hace nada, hasta hace apenas un par de décadas, el mayor problema de la mujer occidental consistía en no saber vivir para su propio deseo: siempre vivía para el deseo de los demás, de los padres, de los novios, de los maridos, de los hijos, como si sus aspiraciones personales fueran secundarias, improcedentes y defectuosas. Y no es de extrañar ese caos mental cuando se nos ha educado durante siglos en el convencimiento de que la #Ambición no es cosa de mujeres. En los tiempos de Marie Curie, pretender brillar por ti misma era algo anormal, presuntuoso y hasta ridículo. Y así, sin modelos en los que mirarse y contra la corriente general, es muy difícil seguir adelante, aunque tengas una vocación, aunque estés convencida de tu valía, porque todo el entorno te está repitiendo una y otra vez que eres una intrusa, que no vales lo suficiente, que no tienes el derecho de estar ahí, junto a los varones. Que eres una #Mutante, fracasada como mujer y un engendro como hombre.

Cuántas mujeres bien dotadas han debido de romperse frente a esa presión. Como le sucedió a Carmen Laforet, precisamente: ella sabía que tenía un talento literario descomunal, y su #Ambición estaba a la par de ese talento; pero no tuvo fuerza psíquica suficiente para sostener sus aspiraciones en medio del machismo ramplón de la posguerra española. No volvió a escribir nada de la valía de su primera novela, y de hecho escribió muy poco más. Se quebró. Se derrumbó. Laforet sí terminó envejecida y oscura y con la pechuga palpitando de impotencia y asfixia.

Por eso, porque era muy duro y arriesgado avanzar a

solas, muchas mujeres resolvieron sus ansias de éxito de manera tradicional, vicariamente, pegándose a un varón como ladillas y viviendo el destino de su hombre. Ojo: no me estoy refiriendo a las amas de casa, a las mal llamadas «marujas», a esas mujeres estoicas y esenciales en la construcción de la vida, verdaderos pilares de la Tierra. No, hablo de las musas profesionales, de esas féminas que sólo se emparejan con hombres de éxito. Son mujeres que lo dan todo por su caballo de carreras: lo cuidan, lo alimentan, lo cepillan; le sirven de secretarias, amantes, madres, enfermeras, publicistas, agentes, guardaespaldas. Incluso son capaces de morir por él, si llega el caso. Eso hizo Eva Braun con Hitler. Yo creo que Eva se suicidó en el búnker con el convencimiento de que así pasaría a la Historia. Y tuvo razón. Eso sí que es #Ambición, demonios. Me pregunto hasta dónde habría podido llegar Eva Braun si hubiera tenido agallas suficientes para labrarse su propio destino. Trabajando como fotógrafa, por ejemplo: le encantaba hacer fotos y no era mala.

Manya también estuvo al borde de la claudicación. En 1890 su hermana Bronya le escribió desde París diciéndole que estaba terminando sus estudios, que se iba a casar y que Marie podía venir a la Sorbona al curso siguiente. Pero la futura Madame Curie contestó con esta carta desoladora:

> Había soñado con París como la redención, pero desde hace mucho la esperanza del viaje me había abandonado. Y ahora que se me ofrece esta posibilidad no sé qué hacer. Tengo miedo de hablar a papá. Creo que nuestro proyecto de vivir juntos el año próximo le ha llegado al corazón [...]. Quisiera darle un poco de felicidad en su vejez. Por otro lado, se me parte el corazón cuando pienso en mis aptitudes perdidas...

Sus *aptitudes perdidas…* Manya sabe que es buena, pero qué difícil resulta mantener ese convencimiento cuando nadie más te lo confirma. Por otro lado, la vemos aquí a punto de sacrificarse para adoptar el viejísimo papel de la hija que se queda a cuidar a alguno de sus progenitores: #HonrarALosPadres. Pero en realidad, ¿qué era lo que le había sucedido a Marie en esos años para parecer tan derrotada? Piensa un poco. Piensa en lo más obvio. Cierra los ojos durante unos segundos y no sigas leyendo. Piensa y seguro que acertarás.

En efecto. *Cherchez l'homme.* Lo que sucedió es que Manya se había enamorado como una becerra. Y estaba sufriendo graves penas sentimentales.

Pero empecemos por el principio. Y el principio es la falta de #LugarDeLasMujeres. Los espacios equívocos en los que se han movido tradicionalmente. Cuando Marie se recuperó de la depresión que había sufrido a los quince años tras acabar el instituto (tal vez por la muerte de su madre, de su hermana, por la falta de dinero y de opciones para seguir estudiando) y buscó empleo para poder pagarle la carrera a Bronya, descubrió que ser institutriz era un fastidio, porque se trataba de una figura indefinida: eran señoritas cultas y de buena familia, pero desde luego pobres, porque por eso se tenían que poner a trabajar, y su necesidad las asimilaba a la servidumbre. O sea que estaban en una especie de limbo social, supuestamente respetadas como iguales por los señores pero ocupando una posición tan falsa que la realidad cotidiana se encargaba de *ponerlas en su sitio*, como se decía cruelmente; esto es, se encargaba de humillarlas una y otra vez. Jane Austen describió con gran finura en sus novelas ese #Lugar sin lugar de tantas muchachas desesperadas. Hay que tener en cuenta que, hasta el siglo xx, la mujer apenas tuvo opciones laborales. Las obreras trabajaban el doble y cobraban la mitad que sus maridos; pero las de clase media ni siquiera podían emplearse salvo en unos pocos oficios de perfiles resbaladizos: institutriz, dama de compañía... No había más salida que hacer eso o escoger alguna de las tres ocupaciones tradicionales: monja, puta o viuda. Digamos que, a través de los siglos, estos tres #Lugares han sido prácticamente los únicos que las mujeres han podido ocupar para regir sus vidas por ellas mismas y para hacer una buena carrera profesional. Abadesa de un convento. Cortesana de lujo. Viuda alegre y activa capaz de sacar adelante la empresa o el imperio del esposo fallecido. Como la estupenda Veuve Clicquot (Viuda Clicquot), que a la muerte de su marido en 1805 consiguió convertir su champán en un burbujeante éxito. O como la tremenda y malvadísima emperatriz Irene de Bizancio, que asumió el poder en el 780 cuando desapareció su cónyuge, el emperador León IV.

Fuera de esos escasísimos #Lugares sociales autorizados, las mujeres, si querían moverse libremente por el mundo, tenían que disfrazarse de hombres. Y ha debido de haber muchas, muchísimas mujeres travestidas desde el principio de los tiempos. Tan sólo en el *Quijote* se menciona a un par de ellas como algo muy normal. Pero el castigo por ese atrevimiento podía ser terrible. Lo muestra con ejemplaridad la historia de la papisa Juana, una leyenda singularmente expresiva. Cuentan que, en el siglo IX, hubo una mujer que llegó a ser papa durante dos años, siete meses y cuatro días, haciéndose pasar por un varón. Unos dicen que su pontificado fue entre el 855 y el 857, en cuyo caso hubiera sido Benedicto III; y otros que fue en el 872, lo que correspondería con Juan VIII. El hecho es que Juana nació en Maguncia y era muy inteligente y amante del conocimiento, como nuestra Manya. Pero, como no podía estudiar siendo mujer, se disfrazó de monje. Viajó a Atenas en compañía de otro religioso y allí logró convertirse en una figura intelectual muy respetada. Siendo un *sabio* célebre, Juana marchó a Roma y conquistó de tal modo la ciudad que fue elegida papa unánimemente. Es más, la leyenda cuenta que su mandato fue bueno y prudente. Pero se quedó embarazada de su amigo monje, y un día, mientras atravesaba la ciudad con todos los arreos pontificios en medio de una solemne procesión, Juana se puso prematuramente de parto y dio a luz delante del gentío. Imagínate la escena: la tiara dorada, el báculo, las sedas, los soberbios brocados empapados de sangre femenina y pegoteados con los humildes mocos placentarios. Cuentan que entonces la gente, tan enfurecida como horrorizada, se abalanzó sobre la papisa; que la ataron por los pies a la cola de un caballo, y la arrastraron y lapidaron durante media legua hasta matarla. Esto sucedió en una calleja estrecha entre el Coliseo y la iglesia de San Clemente, y se supone que durante siglos estuvo allí instalada una estela que recordaba el evento y que decía así: «*Peter, Pater Patrum, Papisse Prodito Partum*» (Pedro, padre de padres, propició el parto de la papisa), una inscripción que es una verdadera apoteosis del poder patriarcal y entierra bajo una catarata de viriles «pes» a la insolente intrusa. Por último, también cuentan que, después de esa terrible subversión del orden, de ese intento de usurpar el máximo #LugarDel-Hombre en el mundo (no olvides que el papa es el representante terrenal de un Dios sin duda macho), se instituyó durante varios siglos un curioso ritual en la elección de los pontífices. Y consistía en que, antes de la coronación, el sumo sacerdote se tenía que sentar en una silla de mármol rojo con el asiento agujereado, y entonces el prelado más joven (¿lo del más joven sería porque a los novatos siempre les toca lo más pringado, o porque le resultaría más agradable al pontífice?) le tenía que palpar los genitales por debajo del asiento y después gritar: «*Habet!*», o sea, «¡Tiene!». Ante lo cual los demás cardenales contestaban «*Deo Gratias!*», supongo que llenos de alivio y regocijo tras confirmar que el nuevo Peter era otro Pater. Nada de Madres por el momento, por favor. Esta leyenda de la papisa Juana fue muy popular durante varios siglos y la gente se la creía a pies juntillas hasta que la Iglesia la repudió oficialmente en el siglo XVI. Pero que sea verdad o mentira da lo mismo; lo que importa es su increíble fuerza simbólica y lo bien que representa el miedo del mundo masculino a la ascensión social de la mujer. Además de servir como parábola didáctica para enseñar a las féminas que intentar ocupar el #LugarDeLosHombres se castigaba de una manera horrible.

Eso es lo que hará Marie Curie, ocupar #Lugares antes nunca hollados por mujeres, y desde luego pagará un alto precio por ello. Pero varios años antes de eso, y al igual que miles de otras muchachas, la joven Skłodowska se contrató como institutriz. Primero en una casa tan horrible que duró muy poco. Y después en el campo, lejos de Varsovia, con una familia nacionalista y amable, los Zorawski. Escribió a su prima:

> Para los chicos y chicas de aquí, palabras como *positivismo* o la *cuestión social* son objeto de aversión, suponiendo que hayan oído hablar de ello, lo cual es inusual [...]. ¡Si pudieras ver lo bien que me porto! Voy a la iglesia todos los domingos y fiestas de guardar, sin alegar jamás un dolor de cabeza o un resfriado para librarme. Casi nunca menciono el tema de la educación superior para las mujeres. En general observo, en mi conversación, el decoro que se espera de alguien en mi posición...

Pese a la incomodidad de esa posición, de ese #Lugar tan resbaladizo, Marie no pudo evitar del todo ser quien era: organizó una escuela clandestina para enseñar a leer y escribir en polaco a los campesinos de la zona, un proyecto arriesgado por el que podrían haberla metido en prisión. Ya había participado antes en la resistencia a través de la Universidad Volante de Varsovia, un movimiento educativo subterráneo: los estudiantes recibían clases de nivel superior y a la vez enseñaban a los obreros. Todo esto estaba prohibido y entrañaba peligro: me recuerda los conmovedores esfuerzos de esas profesoras que seguían dando clase a las niñas secretamente en el terrible régimen de los talibanes.

Y lo que sucedió fue que, en verano, Marie conoció al hijo mayor de los Zorawski, Casimir, un chico de su edad que estudiaba matemáticas en Varsovia, y se enamoraron. Saltaron chispas ante sus ojos, tintinearon ensordecedoras campanillas en sus orejas y las estrellas se pusieron a bailar. En fin, la parafernalia habitual de la primera pasión.

Sarah Dry incluye una foto de Casimir en su biografía de Curie y se diría que era muy atractivo.

Ah, pillina: después de todo, a nuestra empollona le gustaban guapos (en su estilo, Pierre Curie tampoco estaba mal).

De modo que en esto la transgresora Marie era de lo más convencional. Y, para mi vergüenza, debo reconocer que a mí me pasa lo mismo. No es justo, no es racional, no casa con mis principios ni con mis ideas, pero me gustan guapos. Siempre me ha irritado y desesperado esa propensión tan humana a mostrar una irremediable debilidad por la belleza. Puede que sólo sea un mandato genético, algo inscrito ciegamente en nuestras células, porque en los animales la belleza (esto es, la simetría) parece ser un indicio de su buena capacidad reproductora; pero siendo los humanos criaturas complejas y alejadas en tantas cosas de lo instintivo, ¿por qué seguir presos de este truco biológico? El caso es que la gente hermosa tiende a parecernos más inteligente, más sensible, más simpática, más honesta, más más y todo de todo. Mira este rostro, por ejemplo: ¿no crees que augura un temperamento dulce y delicado?

Lástima que sea la foto de Jeffrey Dahmer, *El carnice-ro de Milwaukee* (1960-1994), que asesinó, torturó, mutiló y devoró a diecisiete hombres y muchachos. La realidad es obcecada y compleja e insiste en llevarnos obscenamente la contraria cuando nos ponemos soñadores.

Creo que estos excesos de idealización los padecemos sobre todo las mujeres, que mostramos una desmesurada facilidad para inventarnos al amado. Sí, ya sé que las generalizaciones encierran siempre una cuota de estupidez, pero permíteme que juegue un rato a hablar de *los hombres* y de *las mujeres*, aunque resulte esquemático. Y, así, pienso que, cuando nosotras creemos enamorarnos de alguien, enseguida enumeramos, como origen de nuestro entusiasmo, un espejismo de virtudes sin fin que le suponemos a esa persona (eslistoesbuenoesencantador), cuando lo que nos ha obnubilado y lo único que de verdad sabemos de él (o tal vez de ella: no sé si sucederá igual en las relaciones homosexuales) es que tiene unos ojos de un color admirable, unos dientes muy blancos entre labios de fruta, hombros poderosos y un cuello apetecible de morder. Porque las mujeres estamos presas de nuestro pernicioso romanticismo, de una idealización desaforada que nos hace buscar en el amado el súmmum de todas las maravillas. E incluso cuando la realidad nos muestra una y otra vez que no es así (por ejemplo, cuando nos enamoramos de un tipo áspero y grosero), nosotras nos decimos que esa apariencia es falsa; que muy dentro de él nuestro hombre es dulcísimo y que, para dejar salir su natural ternura, sólo necesita sentirse más seguro, más querido, mejor acompañado. En suma: nos convencemos de que nosotras vamos a poder cambiarlo, gracias a la varita mágica de nuestro cariño. Rescataremos y liberaremos al verdadero amado, que está preso dentro de sus traumas emocionales. Lo salvaremos de sí mismo.

Las mujeres padecemos el maldito síndrome de la redención.

Los hombres, en cambio, creo que suelen ser más sanos en este punto y que son capaces de querernos por lo que en verdad somos. No nos inventan tanto, probablemente porque no tienen tanta necesidad (durante siglos, el amor ha sido la única pasión que se nos ha permitido a las mujeres, mientras que los hombres podían apasionarse por muchas otras cosas), o quizá no tengan tanta imaginación. El caso es que nos miran y nos ven, mientras que nosotras los miramos y, en el calor del primer enamoramiento, lo que vemos es una quimera fabulosa. Hay una frase genial de un cómico francés llamado Arthur que dice así: «El problema de las parejas es que las mujeres se casan pensando que ellos van a cambiar y los hombres se casan pensando que ellas no van a cambiar.» ¡Qué terrible lucidez y qué certero! La inmensa mayoría de nosotras estamos empeñadas en cambiar al amado para que se adapte a nuestros sueños grandiosos. Creemos que, si le curamos de sus supuestas heridas, emergerá en todo su esplendor nuestro amado perfecto. Los cuentos para niños, tan sabios, lo dicen claramente: nos pasamos la vida besando ranas convencidas de que podemos transmutarlas en apuestos príncipes.

Pero las ranas son ranas, pobrecitas; no sólo nadie puede cambiar a nadie, sino que es profundamente injusto exigirle a un batracio que se convierta en otra cosa. De manera que, cuando pasa el tiempo y vemos que nuestro hombre no muda a Superhombre, empezamos a sentir una frustración y un rencor desatinados. Apagamos los focos de nuestros ojos, esos reflectores con los que antes les iluminábamos como si fueran las grandes estrellas de nuestra película; y empezamos a observarlos con desprecio y desilusión, como si fueran garrapatas. Cuando Arthur dice que los hombres piensan que nosotras no vamos a cambiar, no se refiere a que nos pongamos culonas y echemos celulitis, sino a que se nos llene de aspereza la mirada, a que ya no les mimemos y cuidemos como si fueran dioses, a que nos arruinemos la vida en común con acerbos reproches. A veces este proceso de desencanto es tan feroz que la convivencia se convierte en un infierno para ambos. Patricia Highsmith, formidable domadora de demonios, refleja esta cruel deriva del amor al odio en varias de sus novelas, pero sobre todo en la desoladora *Mar de fondo*. En cambio, creo que nosotras les parecemos a ellos desde el principio unas ranitas preciosas. En eso son menos exigentes, más generosos. Envidio la naturalidad con la que nos ven y nos desean.

Volviendo a nuestra Marie, pienso que, por debajo de su rígida contención, y justamente por eso, era un verdadero torrente pasional. Rebosaba sentimientos volcánicos en las cartas que escribía en su juventud; en el diario que hizo tras la muerte de Pierre; en las pocas líneas que mandó a su amante, Langevin, y que casi originaron una tragedia. La pasión se ocultaba en los altibajos de su temperamento, en sus crisis melancólicas, en su sensibilidad de nervio en carne viva. Así que me imagino lo que tuvo que ser ese primer amor por Casimir. ¡Cielo santo! Esa mujer de mente y voluntad tan poderosas, esa fuerza de la Naturaleza, ciegamente prendada del guapo muchachito (aunque estoy segura de que Manya creía que le amaba porque era un buen matemático). Debió de ser un espectáculo emocional digno de verse.

Y entonces sucedió lo que sucedía en las novelas de

George Elliot: que, cuando Casimir dijo a sus padres que quería casarse con Manya, los encantadores Zorawski se echaron las manos a la cabeza y dejaron de ser encantadores. Pero cómo: ¿con una institutriz? Ni pensarlo. Más aún, si el hijo se empeñaba en lo del matrimonio, sería desheredado de modo fulminante. Ahí acabó la historia, formalmente; y, en el colmo del dolor y la humillación, Marie tuvo que seguir como institutriz de los Zorawski durante dos años más, hasta acabar el contrato, haciendo como que no había pasado nada. Tuvo que ser muy penoso, desde luego.

Para peor, la historia con Casimir no había terminado del todo. Es de suponer que el chico se movía en un mar de ambigüedades, que decía y se desdecía sin atreverse a romper con la familia, y supongo que Manya mantuvo más allá de lo razonable la esperanza de que él cambiara (¿te suena de algo esto?). El caso es que la última entrevista con Casimir fue en 1891, poco antes de irse a París. Lo que quiere decir que esta maldita historia, o no historia, duró casi cinco años. Y ésos fueron los tiempos más difíciles. Una época de pena y plomo que casi acabó con Marie. Escribió una carta a su hermano que decía:

> Ahora que he perdido la esperanza de llegar a ser alguien, todas mis ambiciones las deposito en Bronya y en ti. Vosotros dos, al menos, debéis dirigir vuestras vidas conforme a vuestros dones. Estos dones, que sin duda existen en nuestra familia, no deben desperdiciarse... Cuanta más pena siento por mí, tanta más esperanza tengo por vosotros.

Siempre la conciencia de los dones; y la desmoralización, la incapacidad de asumir la enorme lucha que conllevaría intentar desarrollar su propio talento.

Querida Bronya: He sido estúpida, soy estúpida y seguiré siéndolo el resto de mi vida, o tal vez debería traducirlo a un lenguaje más claro: nunca he sido, no soy ni seré afortunada.

Esta vehemencia en la autoflagelación es típica de la enamorada que siente que se ha puesto en ridículo. ¿Por qué otra causa puede decir una mujer con tanta desesperación que ha sido, es y será una estúpida si no es porque se le ha roto el corazón? Son palabras que parecen sacadas de un melodrama sentimental por lo obvias. El desamor es tópico, ridículo, monumentalmente exagerado. Pero duele, ¡cómo duele! Parece mentira que el fin de un espejismo amoroso que tal vez sólo ha durado unas semanas pueda sumirte en semejante infierno. Ya se sabe que sufrir de mal de amores es como marearse en un barco: a la gente tu estado le parece divertido, pero tú te sientes morir. En 1888, mientras aguantaba la amargura de seguir trabajando en la casa de quienes la habían rechazado como nuera, Manya escribió esta carta a una amiga:

He caído en una negra melancolía [...]. ¡Apenas tenía dieciocho años cuando llegué aquí y qué será lo que no haya padecido! ¡Ha habido momentos que contaré entre los más crueles de mi vida!

¡Y esto lo dice una muchacha que ha vivido la muerte de su hermana mayor y de su madre antes de los once años! Pero le parecía que la herida sentimental era más insoportable, más feroz. Sí, las penas de amor abren insospechados abismos, espasmos de agonía que creo que en realidad se refieren a otra cosa, que van más allá de la historia amorosa concreta, que conectan con algo muy básico de nuestra construcción emocional. Con la piedra maestra en la que se asienta el edificio que somos. El desamor derrumba y derrota. «La tensión que esto le causa [la historia de Casimir] ha venido a sumarse a su trastorno», escribe por entonces el padre a otra de sus hijas: se ve que, desde la depresión sufrida a los quince años, la consideraba frágil, nerviosa, demasiado apasionada.

Y así estaba Manya: a punto de arrojar la toalla. Un jovenzuelo guapo casi le hizo rendirse y aceptar el tradicional destino sacrificial de la hija que se queda a cuidar del padre. ¡Se me ponen los pelos de punta de sólo pensar que ese mentecato estuvo a punto de privarnos de la existencia de Marie Curie! (Casimir se acabaría convirtiendo en uno de los matemáticos más importantes de Polonia, pero aun así me sigue pareciendo emocionalmente lastimoso). Me pregunto cuántas Manyas se habrán perdido de manera parecida por el camino... Cuántas posibles pintoras, escritoras, ingenieras, inventoras, exploradoras, escultoras, doctoras en medicina, geómetras, geógrafas, astrónomas, historiadoras, antropólogas... ¿Cuántas otras maravillosas mujeres radiactivas no llegaron jamás a poder irradiar? Espero que el cobarde de Casimir y su convencional familia se pudrieran de arrepentimiento al ver a la pequeña institutriz Manya convertida en una fulgurante Marie Curie (seguro que la propia Marie también pensó alguna vez con complacencia en eso).

EL FUEGO DOMÉSTICO DEL SUDOR Y LA FIEBRE

La infancia es un lugar al que no se puede regresar (y por lo general tampoco quieres hacerlo: yo desde luego jamás volvería) pero del que en realidad nunca se sale. «El niño es el padre del hombre», decía Wordsworth en un célebre verso, y tenía razón: la infancia nos forja y lo que somos hoy hunde sus raíces en el pasado. Dicen que la Humanidad se puede dividir entre aquellos cuya infancia fue un infierno, en cuyo caso siempre vivirán perseguidos por ese fantasma, y aquellos que disfrutaron de una niñez maravillosa, que lo tienen aún mucho peor porque perdieron para siempre el paraíso. Bromas aparte (¿o quizá no sea una broma?), la infancia es una etapa morrocotuda. Toda esa fragilidad, esa indefensión, esa intensidad en las emociones; además de la imaginación febril, el tiempo eterno y una necesidad de cariño tan desesperada como la que siente el náufrago que agoniza de sed por un vaso de agua. En la infancia siempre estamos a punto de morir, metafóricamente hablando. O, al menos, de que mueran o resulten mutiladas algunas de nuestras ramas. Crecemos como bonsáis, torturados y podados y empequeñecidos por las circunstancias, las convenciones, los prejuicios culturales, los imperativos sociales, los traumas infantiles y las expectativas familiares. #HonrarALosPadres.

Hubo un tiempo en que chincheté en la pared de mi casa fotos de mis amigos de cuando eran niños. Luego, en alguna de mis mudanzas, las guardé en una caja. No sé por qué las quité del muro: eran maravillosas. Estaban tan desnudos, eran tan transparentes en esos retratos. Tras la muerte de Pablo, su primo Rafael Fernández del Amo me mandó esta foto:

Por detrás pone: «En el pantano de El Burguillo. Valdelandes. Verano 1961.» Pablo es el más pequeño, el que asoma al fondo con la cabeza ladeada. Tenía diez años recién cumplidos. Y el caso es que ya estaba todo él ahí, pero con la inocencia y la ignorancia de lo que después le llegaría en la vida. Es extraño: desde que murió no sólo echo de menos su presencia, seguir viviendo con él y verle envejecer, sino que también añoro su pasado. Las muchas vivencias que no conocí. Esta niñez, esta tarde de verano en un barquito. Querría poderme beber, como un vampiro, todos sus momentos de felicidad.

Creo que es una cuestión de #Intimidad. Pablo y yo estuvimos juntos veintiún años. Fue, tanto para él como para mí, la pareja más larga de nuestras vidas con gran diferencia sobre las anteriores (en ambos casos, no más de cuatro años). Creo que le conocí mejor que nadie, y desde luego en mi vida no ha habido ni habrá una persona que llegue a conocerme tanto como él: aunque tenga la suerte de vivir veintiún años más con buena salud, y la muy improbable fortuna de vivirlos acompañada de la mejor pareja posible, esta etapa que me queda por delante ya no es tan central, tan intensa, tan mudable, tan elocuente como los años que compartí con Pablo. Este desconsuelo de la #Intimidad perdida (para siempre, para siempre, de nuevo la maldita, obsesionante palabra) es un daño colateral que viene con el duelo y que conocen muy bien todos los viudos de parejas largas. En la primera página de su diario, Marie habla de los últimos días que pasó con Pierre. Eran las vacaciones de Pascua y estuvieron un fin de semana juntos en el campo, en un pueblecito llamado Saint-Rémy-lès-Chevreuse:

Te habíamos hecho las natillas que te gustaban. Dormimos en nuestra habitación con Ève [que por aquel entonces tenía catorce meses]. Me dijiste que preferías aquella cama a la de París. Dormíamos acurrucados el uno en el otro, como de costumbre, y te di un pequeño chal de Ève para que te taparas la cabeza.

¡Ah, cuánta, cuantísima #Intimidad hay en estas líneas! La vida real, la más verdadera y más profunda, está hecha de estas pequeñas banalidades. Marie le hizo las natillas que le gustaban. Y no nos dice cómo eran, pero sin duda sabía el punto exacto de cocción que Pierre quería, si prefería tomarlas en un plato o en una taza, más espesas o más ligeras. ¿Y qué decir de la cama de París en oposición a la cama de Saint-Rémy? ¡Nuestras camas son tan importantes! En ocasiones, aunque cada día menos, serán el escenario de nuestra muerte. Y, en cualquier caso, son el cobijo de nuestra desnudez más absoluta, y no me estoy refiriendo sólo a la falta de ropa. ¿Por qué prefería Pierre la cama del campo? ¿Era más blanda, más dura, más alta, más baja, más estrecha, más ancha, estaba al lado de una ventana, junto a un muro, tenía vistas, tenía luz? Por supuesto que Marie hubiera podido responder todas estas preguntas, y eso, justamente eso, es conocer a alguien. Es poseerlo. Dormían acurrucados el uno en el otro, «como de costumbre»: he aquí la #Intimidad estallando en el amor glorioso de la piel. Un amor animal. Y lo mejor: le dio un chal para que se tapara la cabeza. Aquí llegamos a la zona abisal de la #Intimidad. Alcanzamos las manías de cada cual: aguas profundas. En alguna novela he escrito que el amor consiste en encontrar a alguien con quien compartir tus rarezas. A Pierre le gustaba taparse con un trapo. A mi padre también: se enrollaba el embozo de la sábana alrededor de la cabeza. Seguir amando a alguien que se pone un pañuelito bordado de bebé en la cocorota o que se lía como una musulmana con chador es la prueba máxima del amor de verdad. No hay nada ridículo en la #Intimidad, no hay nada escatológico ni repudiable en ese lento fuego doméstico de sudor y de fiebre, de mocos y estornudos, de pedos y ronquidos. Bueno, estos últimos suelen ser motivo de bastantes disputas, pero incluso a eso te terminas acostumbrando. La #Intimidad: no tener muy claro donde acabas tú y empieza el otro. Y saberlo todo de esa persona, o al menos saber tanto. En su precioso libro *Tiempo de vida*, escrito tras la muerte por cáncer de su padre, Marcos Giralt Torrente anota los gustos del fallecido en largas retahílas de ínfimos datos: «Tenía debilidad por los fritos y por todo lo que llevara bechamel [...], le gustaban los embutidos, los macarrones, las albóndigas; le gustaba el repollo, la remolacha, el atún...» Todas esas pequeñeces, en efecto, conforman a una persona. Son nuestra fórmula básica, el garabato único que cada uno dibuja en la existencia. Por ejemplo: yo detesto las coles y me pellizco los pellejos de los dedos hasta hacerme sangre. Estas nimiedades, y muchísimas más, son exactamente lo que soy.

Por eso echo de menos conocer también el pasado, la vida de Pablo que yo no viví. Quiero saberlo todo sobre él. Si consiguiera saberlo todo, absolutamente todo, sería como si no hubiera fallecido. Acarreamos a nuestros muertos subidos a nuestra espalda: eso me decía Amos Oz en una entrevista (los judíos tienen tantos muertos, sostenía él, que el peso es sobrehumano). O más bien somos relicarios de nuestra gente querida. Los llevamos dentro, somos su memoria. Y no queremos olvidar:

Irène juega con sus tíos. Ève, que durante todo lo ocurrido correteaba por casa con una alegría inconsciente, juega y ríe, todo el mundo habla. Y yo veo los ojos del Pierre de mi alma sobre su lecho de muerte, y sufro.

Y me parece que el olvido ya viene, el horroroso olvido, que aniquila hasta el recuerdo del ser amado.

Lo de no querer olvidar es una obviedad, un lugar común del que te previene todo el mundo, y desde luego dificulta el duelo y lo hace más largo. Pero es lógico que nos resistamos al olvido porque ésa es la derrota final frente a nuestra gran enemiga, frente a esa asquerosa muerte que es la destructora de las dulzuras, la separadora de las multitudes, la aniquiladora de los palacios y la constructora de tumbas, como la denominan en *Las mil y una noches*, que es un libro que sabe mucho sobre el combate desigual de los humanos contra la Parca.

De modo que Marie recordaba a Pierre en carne viva, y por eso prohibió a sus hijas que mencionaran al padre en su presencia: supongo que le dolía demasiado y temía romperse delante de las niñas. En cualquier caso, esa prohibición me parece brutal y propia de una mujer violentamente poseída por sus emociones, aunque se esforzara por ocultarlo. Ella misma reconoció su disimulo en una carta que escribió a una amiga a los veinte años: «En cuanto a mí, estoy muy contenta, pues a menudo oculto riéndome mi absoluta falta de alegría. Es algo que aprendí a hacer cuando me di cuenta de que las criaturas que lo viven todo tan intensamente como yo y no son capaces de cambiar esta característica de su naturaleza, tienen que disimularla lo mejor posible.» Como los géiseres, sólo de cuando en cuando dejaba escapar su interior ardiente.

Hay una foto tremenda de Marie con sus hijas en el jardín de su casa. Parece un retrato trágico de un duelo muy reciente, se diría que acaban de regresar del ce-

Marie con Ève e Irène en 1908.

menterio, pero está tomada dos años después de la muerte de Pierre. Las niñas tienen la misma expresión de dolor contenido, sobre todo Irène, que abraza a su madre conmovedoramente, no sé si intentando protegerla. Debió de ser una infancia dura para las dos huérfanas. Ève lo reconoció más tarde y por escrito, pero creo que fue Irène quien se llevó la peor parte. Yo diría que Marie Curie, la gran Marie, fue una madre terrible para su hija mayor. Una madre de exigencia insaciable que, cuando murió Pierre, entregó a la niña en ofrenda a la memoria sagrada del marido. Lo escribió en el diario a las pocas semanas del fallecimiento:

> Yo soñaba, Pierre mío, y te lo dije a menudo, que esa niña que se parecía tanto a ti por la reflexión grave y

tranquila, pronto se convertiría en tu compañera de trabajo, y te debería lo mejor de sí misma.

Irène recibió el mandato de sustituir a su padre y obedeció: #HonrarALaMadre. Y obedeció con tanto ahínco, con tan tremenda entrega, que no sólo consiguió ganar también un Nobel de Química, sino que además murió prematuramente a los cincuenta y nueve años como resultado de las radiaciones, mientras que su madre lo hizo a los sesenta y seis. En este sacrificio la ganó.

Hay un poema espeluznante de Philip Larkin sobre este legado de dolor que a menudo se hereda de los padres. Se titula *This Be The Verse* (He aquí el verso) y dice así:

> *They fuck you up, your mum and dad.*
> *They may not mean to, but they do.*
> *They fill you with the faults they had*
> *And add some extra, just for you.*
>
> *But they were fucked up in their turn*
> *By fools in old-style hats and coats,*
> *Who half the time were soppy-stern*
> *And half at one another's throats.*
>
> *Man hands on misery to man.*
> *It deepens like a coastal shelf.*
> *Get out as early as you can,*
> *And don't have any kids yourself.*

Que en traducción pedestre mía viene a decir esto:

> Te joden bien, tu padre y tu madre.
> Quizá no sea su intención, pero lo hacen.

74

Te han colmado con los fallos que ellos tenían
Y han añadido algo extra, sólo para ti.

Pero ellos fueron jodidos a su vez
Por cretinos vestidos con abrigos y sombreros
   anticuados,
Que la mitad del tiempo se comportaban entre
   ñoños y severos
Y la otra mitad se la pasaban peleando.

La miseria se transmite de persona en persona.
Se va haciendo tan honda como una fosa marina.
Sal de aquí tan pronto como puedas,
Y no tengas hijos.

La verdad es que creo que este poema es demasiado
tenebroso. No me parece que, por lo general, la situación sea tan desesperada ni tan siniestra y me consta
que entre padres e hijos también puede haber una cantidad incalculable de luz. Pero lo que sí es cierto es que
esas relaciones tan esenciales están entremezcladas de
dicha y de dolor. Supongo que es inevitable proyectarse
en los hijos de algún modo, de la misma manera que es
inevitable por parte de los hijos exigir a los padres una
dimensión mítica imposible. Nadie quiere hacer daño,
pero a menudo se hace; como probablemente hizo Marie sin desearlo y sin poderlo evitar, porque tuvo que
luchar en demasiados frentes. Yo no he tenido hijos,
pero no por ese sórdido mandato con que Larkin cierra
su poema. De hecho, a veces lamento no haberlos tenido, porque procrear es un paso de la madurez física y
psíquica: sólo ese amor absoluto y centelleante que los
padres sienten por sus hijos permite superar el egoísmo
individual que te hace poner tu propia integridad por

encima de todo. Quiero decir que los padres son capaces de morir por sus niños: es un mandato genético, un recurso de supervivencia de la especie, pero también es un movimiento del corazón que te hace más completo, más humano. Quienes no tenemos hijos no llegamos nunca a crecer hasta ahí. Yo no moriría por nadie. Es una pena.

He tomado las notas finales para este libro en un cuaderno de Paula Rego, que es una de las pintoras contemporáneas que más me gustan, o quizá la que más. Nació en Portugal en 1935 y ahora vive en Londres. El cuaderno lo compré en el museo que hay en Cascais dedicado a la artista y es verdaderamente hermoso; de cuando en cuando, diseminados por las páginas en blanco, hay un puñado de dibujos de Rego, de manera que tú vas escribiendo entre sus bocetos.

Por una de esas curiosas #Coincidencias que tanto abundan en la vida, resulta que Paula Rego tiene una serie de dibujos tan brutal como conmovedora que se titula *Madres e hijas* y que refleja todo esto de lo que estamos hablando. Aquí dejo una muestra:

Pero aún hay más puntos en común (las #Coincidencias coinciden, como decía el biólogo austriaco Paul Kammerer, autor de una ley sobre las casualidades), porque el marido de Paula Rego, que era otro artista plástico, Victor Willing, murió prematuramente, en 1988, víctima de una esclerosis múltiple. Así que mi pintora preferida también pertenece al vasto club de las viudas. Qué extraordinario: nunca pensé que yo enviudaría porque tenía decidido no casarme (lo hice al final, con Pablo ya enfermo). Recuerdo que, de niña, jugábamos a saltar a la comba con esta cancioncilla: «Quisiera saber mi vocación, soltera, casada, viuda o monja», y dependiendo de dónde fallabas y pisabas la cuerda, así se presentaba tu futuro. En fin, la letra es tan obviamente machista que podemos ahorrarnos el comentario. Supongo que este tipo de canciones, y el trasfondo social que implicaban, contribuyeron a hacerme tan alérgica al matrimonio.

Pero, alérgica y todo, heme aquí de viuda. A veces, con esa manía que tenemos todos los humanos de comparar nuestro sino con el de los demás, miro a las otras viudas y me pregunto desasosegantes e inútiles preguntas sin respuesta: ¿qué será mejor, que tu pareja fallezca de repente (como Pierre Curie), o que lo haga tras un tiempo de pena y sufrimiento (como Pablo: diez meses; o como el marido de Rego: la esclerosis múltiple es un infierno)? ¿Qué será mejor, enviudar joven, y entonces puedes rehacer tu vida, o mayor, que es más difícil, aunque hayas podido gozar más de tu cónyuge? En julio de 2011, la Organización Mundial de la Salud hizo público un estudio sobre la depresión que había realizado en colaboración con veinte centros internacionales, dos de ellos españoles. La investigación se hizo con 89.037 ciudadanos de dieciocho países, o sea que la muestra era verdaderamente grande. Es un trabajo muy interesante que compara todo tipo de factores: ingresos, cultura, sexo, edad. Pero lo que ahora me interesa, y por lo que lo saco a colación, es que descubrieron que estar separado o divorciado aumenta el riesgo de sufrir depresiones agudas en doce de los países, mientras que ser viudo o viuda tiene menos influencia en casi todas partes. Me pareció un dato increíble, pasmoso, que parece ir en contra de lo que una observa y de la misma razón. Pero si no se trata de un error y de verdad es así, ¿qué implicaría? ¿Que los separados o divorciados se sienten fracasados? ¿Y que al morir tu cónyuge mientras aún es tu cónyuge puedes mitificar esa pareja en tu cabeza, hacerla eterna, considerarla un éxito? ¿Acaso pueden ser generadoras de algún pequeño consuelo estas malditas muertes, después de todo?

ELOGIO DE LOS RAROS

Manya se encontró por primera vez con Pierre en la primavera de 1894, tras haber conseguido licenciarse en Física con el número uno de su promoción. Bueno, para entonces ya no se llamaba Manya sino Marie: había cambiado su nombre al llegar a París, un claro símbolo del giro que quería dar a su vida. Cuando se conocieron, Marie tenía veintisiete años y supongo que estaría bastante esquelética porque se alimentaba de rábanos y cerezas. Ese verano lo pasó en Polonia, pero regresó a la Sorbona en otoño gracias a una beca para sacarse otra licenciatura, ahora en Matemáticas. Como todo lo que hizo en su vida, ese segundo título también fue una proeza: se sentía culpable por abandonar de nuevo a su padre para perseguir la quimera de los estudios. La #Culpabilidad es una emoción tradicionalmente femenina. Sobre todo en épocas pasadas, aunque hoy todavía queden algunos jirones que nos manchan, velos pegajosos como telas de araña. Es una #Culpabilidad socialmente inducida por atreverte a seguir tus deseos, por descuidar tus obligaciones de mujer. #Culpabilidad por ser mala hija, mala hermana, mala esposa, mala madre. Marie sintió la mordedura de todas esas culpas corrosivas y a pesar de ello continuó su camino: era una mujer asombrosa. «No necesito decir lo contenta que me siento de estar de nuevo en París... Se trata de toda mi vida lo que está en juego. Me parecía, por tanto, que podría quedarme aquí sin tener remordimiento de conciencia», escribió en una carta a su hermano nada más regresar a la universidad. Qué valiente y qué fuerte tenía que ser para decir y hacer algo así estando tan sola, sin modelos de referencia, sin apenas otras mujeres, abriendo brecha en la endurecida costra de los prejuicios como un pequeño barco rompehielos. En otra carta de 1894 a su hermano, que a la sazón se esforzaba por sacar un doctorado de Medicina en Varsovia, Marie decía: «Parece que la vida no es fácil para ninguno de los dos. Pero, ¿y qué? Debemos tener perseverancia y sobre todo confianza en nosotros. Debemos creer que estamos dotados para algo, y que alcanzaremos ese objetivo cueste lo que cueste.» ¡Qué temple! La fuerza implacable de su proyecto casi da miedo. «La sostenía una voluntad de hierro, un gusto maníaco por la perfección y una increíble testarudez», explica Ève. Y debía de conocerla bien.

En medio de toda esa lucha apareció Pierre: un amigo común, un físico polaco de visita en París, invitó a ambos a cenar en el hostal en el que estaba hospedado: «Cuando llegué, Pierre Curie estaba de pie en el umbral de la puerta acristalada de un balcón. Me pareció muy joven, aunque tenía treinta y cinco años. Me impresionó la expresión de su mirada clara y la ligera apariencia de abandono de su figura espigada. Su forma de hablar, un poco lenta y reflexiva, su sencillez, su sonrisa grave y joven a un tiempo, inspiraban confianza. Entablamos una conversación sobre cuestiones científicas, acerca de las cuales me sentía dichosa de conocer su parecer, y luego hablamos de cosas de orden social o humanitario, que nos interesaban a los dos; la conversación era cada vez más amistosa. Pese a la diferencia entre nuestros países de origen, existía una afinidad asombrosa en nuestra concepción de vida, debida, en parte, a cierta analogía en la atmósfera moral y familiar en la que nos habíamos criado», escribió Marie muchos años después, ya viuda, en la biografía que redactó sobre Pierre. Y, aunque es parca y pulcra en su expresión, creo que es evidente que le pareció guapo. Le impresionó verle ahí, recortado contra la ventana, en una aparición o un recuerdo muy teatral. Puedo imaginar esa conversación chispeante y cada vez más íntima, aunque hablaran de temas científicos y humanitarios. O precisamente por eso: no sólo eran asuntos que les importaban muchísimo a los dos sino que, además, estoy segura de que Marie Curie basaba su atractivo en su intelecto. Todos tenemos nuestras armas secretas para gustar, sobre todo aquellos que no somos guapos: unos conquistan a través del ingenio, otros intentan ser graciosos, o atléticos, o elegantes, o cultos... (yo siempre he seducido por medio de la #Palabra, para poder ligar tenía que hablar, de ahí que detestara las ensordecedoras discotecas). Aunque de joven no le faltaba atractivo, Marie era la más fea entre sus bellas hermanas, y tengo la sensación de que nunca se consideró hermosa. Pero sabía que su cerebro era una joya. Seguro que encandiló a Casimir con su deslumbrante mente matemática, y en su encuentro con Pierre, que era un hombre más maduro y completo, la sintonía y la seducción debieron de manifestarse explosivamente desde el primer momento. Supongo que el físico polaco que les presentó se estaría frotando las manos, pensando en lo bien que le había salido su bonita maniobra de celestino. Porque oficialmente la cita era para ver si Curie podía prestarle un laboratorio a Marie (no pudo), pero sospecho que el polaco tuvo además una intuición con respecto a ellos y adivinó que esos dos amigos tan solitarios y tan extraños podrían hacerse mucho bien estando juntos.

Y es que tanto Pierre como Marie eran unos frikis, para qué nos vamos a engañar. Ella, pionera en todo, era una extravagancia para la época. Pero es que él también resultaba de lo más rarito. A los treinta y cinco años, todavía vivía con sus padres y estaba muy unido a su hermano, y ésas eran las únicas personas con las que había intimado en toda su vida. Desde pequeño había sido un chico especial; tenía dificultades para pasar rápidamente de un asunto a otro y necesitaba concentrarse en temas aislados para poder entenderlos. Se considera probado que padecía dislexia, como Einstein y quizá también como Rutherford, otro premio Nobel de la época y directo competidor de los Curie: Einstein no habló hasta los cuatro años y Rutherford sabía leer a los once, pero no escribir.

Pero permíteme que haga una digresión aquí para cantar las alabanzas de los #Raros, los diferentes, los monstruos. Que suele ser la gente que más me interesa. Por añadidura, con el tiempo he descubierto que la normalidad no existe; que no viene de la palabra normal, como sinónimo de lo más común, lo más abundante, lo más habitual, sino de norma, de regulación y de mandato. La normalidad es un marco convencional que homogeneiza a los humanos, como ovejas encerradas en un aprisco; pero, si miras desde lo suficientemente cerca, todos somos distintos. ¿Quién no se ha sentido monstruo alguna vez? Y además: ser diferente puede tener ciertas ventajas. En 2009 la universidad húngara de Semmelweis publicó un fascinante estudio realizado por su Departamento de Psiquiatría. Tomaron a trescientos veintiocho individuos sanos y sin antecedentes de dolencias neuropsiquiátricas y les hicieron un test de creatividad. Luego comprobaron si los sujetos mostraban una determinada mutación en un gen del cerebro chistosamente llamado «neuregulin 1». Se calcula que el cincuenta por ciento de los europeos sanos lleva una copia de este gen alterado, un quince por ciento suma dos copias y el treinta y cinco por ciento restante no posee ninguna. Y resulta que este gen de nombre inverosímil parece guardar una relación directa con la creatividad: los más creativos tenían dos copias, y los menos, ninguna. Pero ahora viene lo mejor: poseer esta mutación también conlleva un aumento del riesgo a desarrollar trastornos psíquicos, así como una peor memoria y... ¡una disparatada hipersensibilidad a las críticas! ¿No te parece el perfecto retrato robot del artista? ¿Chiflado y patéticamente inseguro? Ahora bien, por otro lado, esa gente un poco rara, bastante neurótica y tal vez algo frágil, parece ser la más imaginativa, lo cual no está nada mal. Por cierto que este estudio podría explicar la existencia de los genios.

Pero regresemos con Pierre Curie y con sus peculiaridades cognitivas. Al advertir los problemas de aprendizaje que el niño tenía, sus padres decidieron, con buen criterio, educarlo con un tutor en casa hasta los dieciséis años, y así lograron que el poderoso aunque algo distinto cerebro de su hijo se desarrollara libremente. Luego Pierre se licenció en Física en la Sorbona y junto con su hermano, y siendo ambos muy jóvenes, hicieron varios trabajos espectaculares sobre cristales y magnetismo, descubriendo un fenómeno llamado piezoelectricidad e inventando instrumentos de medición que luego serían importantísimos. Sin embargo, Pierre era incapaz de sacar un rendimiento convencional a toda esa brillantez: a los treinta y cinco años, cuando conoció a Marie, aún no había obtenido el doctorado (aunque cualquiera de sus descubrimientos le habría bastado para conseguirlo) y además trabajaba en la Escuela Municipal de Física y Química Industrial, que con el tiempo se haría muy prestigiosa, pero que por entonces era un modesto colegio de formación profesional. Viendo al Pierre anterior a Marie, da la sensación de que era un hombre que no conseguía integrarse del todo en el mundo. Ella fue su ancla con la realidad y, de hecho, enseguida le convenció para que por fin se sacara el doctorado.

Lo que sí que está claro es que lo suyo fue un flechazo, al menos para él. En verano de 1894, es decir, apenas un par de meses después de conocerse, Pierre le escribía a Marie, que estaba en Varsovia, cosas como ésta:

> Sería muy hermoso, aunque no me atrevo a creerlo, pasar la vida uno junto al otro, hipnotizados por nuestros sueños; *su sueño* patriótico, *nuestro sueño* humanitario y *nuestro sueño* científico. De todos estos sueños, creo que sólo el último es legítimo. Quiero decir que no está en nuestras manos cambiar el estado social, y de no ser así, no sabríamos qué hacer, y si actuáramos a la ligera jamás tendríamos la certeza de no estar haciendo más mal que bien, al retrasar alguna evolución inevitable. Por el contrario, en el ámbito de la ciencia podemos pretender hacer algo; aquí el terreno es más sólido y cualquier hallazgo, por pequeño que sea, es una conquista.

La carta me parece una maravilla, no sólo por la genial manera de ofrecerle una vida en común, sino también por la increíble lucidez con que destripa el carácter cegador que pueden tener las utopías sociales. Y todo ello dicho un cuarto de siglo antes de la Revolución rusa. Es el sereno análisis de una mente científica.

Sin embargo, Marie se resistió durante todo un año a darle el sí. Casarse con Pierre supondría quedarse en París, y a Marie le angustiaba abandonar lo que ella consideraba su obligación: volver a Polonia y ser profesora allí junto a su padre. #HacerLoQueSeDebe. Además, seguro que, después de la experiencia con Casimir, le asustaba doblemente entregarse a alguien. Muchas mujeres temen que sus necesidades emocionales puedan restarles independencia. Cuando tu independencia te ha costado tantísimo como le costó a Marie, tiendes a convertirte en una gallina clueca que, sentada sobre el pequeño huevo de su libertad, arrea picotazos a cuantos se acercan. Me ha sucedido incluso un poco a mí, pese a que mis circunstancias son infinitamente más favorables, así que entiendo su miedo. Ahora bien, dicho todo esto, y teniendo en cuenta la naturaleza secretamente volcánica de Marie, parecería que al principio no se enamoró de forma arrebatada de Curie, porque una pasión así, con lo ardiente que ella era, hubiera pasado por encima de las zarandajas de Polonia, del padre y de la independencia. Sin embargo, la relación, que quizá empezara tibia y demasiado tranquila para el corazón guerrero de Marie, pronto se convirtió en una sólida y hermosa historia de amor. Cuatro años después de su boda, en 1899, Madame Curie confesó a Bronya: «Tengo el mejor marido que podría soñar; nunca había imaginado que encontraría a alguien como él. Es un verdadero regalo del Cielo, y cuanto más vivimos juntos, más nos queremos.»

Tenían muchas cosas en común. Para empezar, los dos eran unos idealistas. A los veinte años, Pierre había escrito: «Hay que convertir la vida en un sueño y volver realidad los sueños.» Y Marie poseía profundas preocupaciones políticas, nacionalistas y sociales; quería hacer algo por la Humanidad y lo sentía como un deber moral. Para ello, practicaba lo que ella llamaba *el credo del desinterés*, que consistía en plantearse altos objetivos y trabajar para lograrlos sin prestar atención a las distracciones mundanas. Suena seco, suena duro, suena árido y lo es. Marie tiene algo de misionera, de monja laica, de visionaria ardiendo en la pureza de su visión. Esta parte a lo Juana de Arco es quizá la que menos me atrae de Marie Curie. Pero seguramente era necesario ese núcleo incandescente de inmensa voluntad y duro sacrificio para conseguir todo lo que consiguió, teniendo en cuenta las enormes dificultades a las que se enfrentaba. Por otro lado, Marie era mucha Marie, y su formidable y compleja personalidad no podía quedarse reducida a un perfil tan constreñido, tan pobre, tan carente de refinamientos y placeres. Por ejemplo: siempre había flores frescas en su casa. Y amaba el campo. Hacer excursiones en bicicleta. Ir de picnic. Por no hablar de su pasión por la investigación científica, un placer en sí mismo. Además, creo que, con el tiempo, Marie fue aprendiendo a vivir. En Navidad de 1928 escribió una carta a su hija Irène que decía: «Cuanto más se envejece, más se siente que saber gozar del presente es un don precioso, comparable a un estado de gracia.»

Así que Marie también sabía hablar de gozo. Lo cual no me extraña, porque la intuyo carnal y sensual por debajo de su aspecto astringente y su ceño casi siempre fruncido. Dice en su diario:

Tus labios, que yo solía decir eran exquisitos, están pálidos, descoloridos. Tu barbita canosa; apenas se ve tu pelo porque la herida empieza justo ahí y podría verse el hueso superior de la derecha de la frente levantado [...]. Qué golpe ha sufrido tu pobre cabeza, que yo acariciaba tan a menudo tomándola en mis manos. Y una vez más te besé los párpados que tú cerrabas tan a menudo para que yo los besara, me ofrecías la cabeza con un movimiento familiar que recuerdo hoy y que veré difuminarse en mi memoria; ya el recuerdo es confuso e incierto.

Cuánta piel, cuánto roce, cuánto delcite en el cuerpo del otro hay en estas líneas. Y cuánta desesperación por haberlo perdido.

Y es cierto, la memoria es traidora, débil, mentirosa. Sobre todo la memoria visual, que se desintegra como una tela podrida a poco que la uses. Claro que luego está la memoria involuntaria. Me refiero a la memoria proustiana, esa que evocan las magdalenas por carambola. Es extraordinario, porque, cuando se te muere alguien con quien has convivido mucho tiempo, no sólo te quedas tú tocado de manera indeleble, sino que también el mundo entero queda teñido, manchado, marcado por un mapa de lugares y costumbres que sirven de disparadero para la evocación, a menudo con resultados tan devastadores como el estallido de una bomba. Y así, un día estás viendo con toda tranquilidad una revista cuando das la vuelta a una página y zas, te das de bruces con la fotografía de una de las maravillosas iglesias de madera medievales de Noruega, sí, aquellas increíbles construcciones rematadas por dragones que más parecían salidas de un pasado vikingo que del cristianismo. Y tú has estado ahí con él en aquel viaje a Noruega delicioso, estuvisteis justamente ahí, ante esta bellísima iglesia de Borgund, absortos, entusiasmados y felices. Juntos. Vivos. Buuuuuuummmm, estalla la bomba del recuerdo en tu cabeza, o quizá en tu corazón, o en tu garganta. Puro terrorismo emocional.

Hay gente que, en su pena, se construye una especie de nido en el duelo y se queda a vivir ahí dentro para siempre. Permanecen en el hogar común, repiten el destino de vacaciones, visitan ritualmente los antiguos lugares compartidos, mantienen las mismas costumbres en memoria del muerto. Yo no creo que sea bueno, o quizá sí, quién sabe, quién soy yo para decir cómo debe uno tratar de superar una pérdida; pero, en cualquier caso, no es mi elección. Me cambié de domicilio tras la muerte de Pablo (Marie también se mudó de casa cuando enviudó) y el mundo tiene varios rincones que es posible que yo ya no vuelva a visitar: Estambul, Alaska, Islandia, ciertas zonas de Asturias o estas hermosísimas iglesias de madera.

RADIACTIVIDAD Y MERMELADAS

En julio de 1895, un año después de conocerse, Pierre y Marie se casaron en París por lo civil; con el dinero que les regalaron en la boda compraron dos bicicletas y su luna de miel consistió en irse pedaleando por media Francia. Marie había pedido que su traje de novia, que fue un regalo de la madre de Pierre, fuera «oscuro y práctico para poder usarlo después en el laboratorio, ya que sólo poseo el traje que me pongo cada día». Władisław vino desde Varsovia para el evento y dijo a sus consuegros: «Tendrán una hija digna de ser querida en Marie. Desde que vino al mundo nunca me dio un disgusto.» Cielos, ¿eso era lo mejor que podía decir de su hija? ¿Eso era lo único que le importaba? #HacerLoQueSeDebe, #HonrarAlPadre.

Pierre le dijo a Marie que, si había permanecido soltero hasta los treinta y seis años, era porque no creía en la posibilidad de un matrimonio que respetara lo que para él era su prioridad absoluta, la entrega a la Ciencia. Con ella, en cambio, había encontrado a su alma gemela. De hecho, al principio de su relación, en vez de mandarle un ramo de flores o bombones, Pierre le envió una copia de su último trabajo, titulado *Sobre la simetría de los fenómenos físicos. Simetría de una zona eléctrica y de una zona magnética*, que habrás de convenir que no es un tema que todas las chicas encuentren fascinante.

Pierre y Marie, en 1895.

Pero a Marie sí le gustaba, aún más ¡lo entendía! Lo cual ya era a todas luces portentoso. Siempre me han maravillado esas armonías, esas extraordinarias #Coincidencias del destino que de cuando en cuando la vida nos otorga cuando se pone magnánima, y que hacen que, en la enormidad del mundo, se junten con provecho dos seres de difícil adaptabilidad, como en este caso: dos mentes superdotadas, dos personas #Raras, solitarias, de ardiente entrega utópica, apasionadas por la ciencia, de edades semejantes, del sexo opuesto siendo heterosexuales, los dos sentimentalmente libres en el momento de encontrarse, ambos en la edad justa (porque podían haberse conocido de viejos o de niños) y encima, ¡atrayéndose sexualmente el uno a la otra! ¿No te parece un milagro? Pues, además de los horrores que tanto nos llaman la atención, la vida también está llena de estos prodigios.

Y aquí comienza la etapa más tópicamente heroica de la heroica vida de Marie Curie: el descubrimiento del polonio y del radio. Una vez sacadas las dos licenciaturas, Marie decidió doctorarse. Una apuesta ambiciosa como todas las suyas; en el mundo sólo había habido una mujer que se hubiera doctorado en Física: Elsa Neumann, en 1899, en la Universidad de Berlín. Marie aspiraba a mucho, aspiraba a todo, y se puso a pensar muy cuidadosamente sobre qué hacer su doctorado. En 1895, el físico alemán Wilhelm Röntgen estaba haciendo experimentos con un tubo de rayos catódicos y en una de ésas descubrió los rayos X por casualidad (y porque tenía una mente alerta, como añade lúcidamente Sarah Dry); los denominó X, precisamente, porque no sabía explicar su naturaleza. El hallazgo causó sensación y la famosa primera radiografía de la mano de su mujer dio la vuelta al mundo.

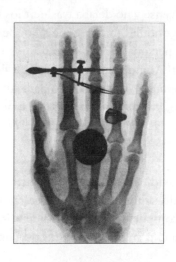

Eso de que pudieran verse los entresijos de las personas parecía magia; por entonces se vivía una época de pleno embeleso con los descubrimientos científicos, de los que se esperaba cualquier maravilla, y los espectaculares rayos X parecían corroborar esas presunciones. Enseguida empezaron a utilizarse para diagnosticar fracturas de huesos, como ahora, pero también para fines absurdos como el de combatir la caída del pelo: se diría que cada nueva cosa que inventa el ser humano es testada contra la alopecia, tremenda obsesión espoleada por el hecho de que quienes pierden el cabello son los varones.

Fascinado como todos por los rayos X, el científico francés Henri Becquerel decidió investigar si había una fosforescencia natural semejante a la que se producía artificialmente dentro del tubo de rayos catódicos. Y también por casualidad (y por la consabida mente alerta, etcétera), en 1896 descubrió que las sales de uranio emitían unas radiaciones invisibles de naturaleza desconocida que eran capaces de dejar una impresión en las placas fotográficas. Este hallazgo, que no tenía ninguna aplicación circense y no dejaba traslucir los huesos ni las monedas que uno llevaba en el bolsillo, dejó completamente frío al personal. ¡Pero si eran unos rayos que no se podían ver! Menudo aburrimiento. Y ése fue justamente el campo que Marie escogió para investigar. Porque era nuevo, porque nadie sabía nada, porque le interesaba a poca gente y, sin embargo, era un enigma científicamente prometedor.

Pero antes de llegar a plantearse hacer el doctorado, Marie había vivido año y medio de infarto. En la biografía que escribió sobre Pierre, Marie se enorgullece, con razón, de la complicidad e igualdad científica e intelectual que tenía con su marido: «Nuestra convivencia era muy estrecha: compartíamos los mismos intereses; el estudio teórico; los experimentos de laboratorio; la preparación de las clases y los exámenes.» Pero justo al lado, sin darse cabal cuenta de lo que dice, escribe: «Nuestros recursos eran muy limitados, así que yo debía de encargarme de la casa, además de cocinar.» O sea, lo compartían todo menos el trabajo doméstico. Qué días tan agotadores los de Madame Curie: además de llevar el hogar, estaba haciendo un trabajo de investigación sobre las propiedades magnéticas del acero que le habían ofrecido por unos pocos francos (necesitaban el dinero). Por añadidura, se puso a estudiar oposiciones para poder dar clases en la enseñanza secundaria, también por razones económicas. Y por las noches asistía a clases sobre cristales para poder entender mejor el trabajo de Pierre (alucinante). Todo esto, que ya era bastante, empeoró en 1897 cuando Marie quedó encinta de Irène. Al parecer pasó un embarazo horrible plagado de náuseas, aunque, siempre voluntariosa, intentara olvidar su estado y trabajar como si nada hubiera cambiado. Pero en septiembre, cuando nació su hija, las cosas alcanzaron el punto más caótico: «Marie se encontró con que tenía que hacer frente a una gran cantidad de trabajo y atender al mismo tiempo a la niña. Este importante problema se ha pasado por alto o se ha minimizado en muchas biografías de Curie», dice con toda razón Barbara Goldsmith en su magnífico libro sobre Marie. Sin duda: tengo amigas que son jóvenes profesionales, con mejores condiciones económicas, con ayuda doméstica y sin la #Culpabilidad que debía de experimentar Marie (o al menos no tanta), y las he visto casi enloquecer en los meses después de haber parido. Madame Curie tenía que volver a casa cada tanto para amamantar al bebé, y cuando se quedó sin leche tuvo que contratar a una nodriza sintiéndose un fracaso como madre. Empezó a sufrir, lo cuenta Ève, ataques de pánico: de pronto salía disparada del laboratorio en dirección al parque, porque se le había metido en la cabeza el pensamiento obsesivo de que la niñera había perdido a Irène. Cuando las encontraba y verificaba que la niña se hallaba bien, volvía a regresar corriendo a su trabajo. Estaba a punto de perder la razón. Por fortuna (¿se puede decir por fortuna?) la madre de Pierre falleció muy oportunamente y su viudo, que era un hombre encantador, se mudó al domicilio de la pareja y se dedicó a cuidar de la nena. Qué extraña es la vida: quizá sin esa muerte, ese traslado, ese buen suegro, nunca hubiera existido Marie Curie.

Y así fue como nuestra protagonista pudo plantearse hacer el doctorado a principios de 1898. No sin costes, supongo; en su biografía sobre Pierre dice:

> La cuestión de cómo cuidar de nuestra pequeña Irène y de la casa sin renunciar a la investigación científica se volvió acuciante. La posibilidad de desentenderme del trabajo habría sido una renuncia muy dolorosa para mí que mi marido ni siquiera contempló; solía decir que tenía una esposa a medida que compartía todas sus inquietudes. Ninguno de los dos estábamos dispuestos a abandonar algo tan precioso como la investigación compartida. Como es de suponer, contratamos a una sirvienta, pero yo me encargaba de todo lo relacionado con la niña. Mientras yo estaba en el laboratorio, Irène se quedaba a cargo de su abuelo […]. La estrecha unión de nuestra familia me permitió cumplir con mis obligaciones.

Ah, sí: sus obligaciones. Siempre hay que #HacerLoQueSeDebe. Me resulta conmovedor que en este texto, escrito muchos años después y tras haber obtenido los dos premios Nobel, Marie tenga que justificar el hecho de no abandonar la ciencia para cuidar a su hija amparándose en la «investigación compartida». Como si el trabajo de Pierre, que la *necesitaba*, fuera la causa última de su dejación del deber de madre. Como si su trabajo por sí sólo nunca hubiera podido justificarlo. Y desde luego tuvo mucha suerte Marie al contar con un marido tan *comprensivo*. Un adelantado para su época. Pero eso no alteraba el hecho de que las cosas *eran como eran* y de que el deber de la mujer fuera un mandato no discutido. Durante estos años, Pierre publicó bastantes más artículos científicos que Marie. No puedo decir que me extrañe: Marie mientras tanto hacía mermeladas. Acercarse a la vida de Manya Skłodowska es como mirar una gota de agua por microscopio y descubrir un hirviente remolino de bichejos; quiero decir que, si te fijas bien en su biografía, adviertes las infinitas dificultades que Marie tuvo que superar y te quedas pasmada. ¿Cómo pudo sobrevivir, cómo salió adelante? ¡Y pensar que su padre hablaba de «su trastorno»! Pues vaya una trastornada. Qué poderío.

LA BRUJA DEL CALDERO

Manya Skłodowska fue una persona perseguida por la leyenda. El mito que hoy existe en torno a su memoria, siendo enorme, es probablemente menos exagerado que el que tuvo que soportar mientras vivía. Además su fama pasó por todo tipo de avatares: primero fue considerada una santa, luego una mártir y después una puta, y todo ello de una manera ardiente y clamorosa.

Parte del mito de la santidad científica de Marie (y de su marido) se basa en las penosas condiciones en las que tuvieron que trabajar. Y es cierto: Pierre Curie soñó toda la vida con tener un buen laboratorio, y en realidad murió sin conseguirlo. El descubrimiento del polonio y del radio se hizo, como todo el mundo sabe porque es el pormenor más aireado de su hagiografía, en un miserable cobertizo medio roto que antes había servido de almacén y que Pierre logró que les dejaran utilizar en la Escuela de Física y Química Industrial, en donde él daba clases. Los cristales rajados y mal sellados del galpón dejaban pasar el polvo y el agua de la lluvia, contaminando las muestras; para calentar el lugar sólo había una pequeña estufa de hierro y en invierno hacía un frío rechinante: una mañana Marie apuntó en su cuaderno de trabajo que en el interior estaban a tan sólo seis grados. Debía de ser difícil hacer las delicadas mediciones que precisaba la investigación teniendo los dedos congelados.

Los rayos invisibles que había descubierto Becquerel, sobre los que Marie se había propuesto hacer la tesis, tenían la propiedad de hacer que el aire de alrededor condujese electricidad, y a Madame Curie se le ocurrió medir el grado de conductividad del aire para estudiar el fenómeno. ¿Y por qué tuvo semejante idea? Fue una intuición genial nacida de su talento, pero es probable que también influyera que uno de los aparatos que había inventado Pierre junto a su hermano Jacques fuera el electrómetro piezoeléctrico de cuarzo, que servía justamente para hacer con gran precisión esas mediciones sutilísimas. Al parecer era un instrumento endiabladamente difícil de utilizar, pero Pierre enseñó a su mujer y Marie aprendió con ese perfeccionismo obstinado y obsesivo que le caracterizaba. Incluso con las manos tiesas por el frío lo hacía fenomenal.

Al principio Marie trabajaba sola en la investigación, pero las cosas enseguida se pusieron al mismo tiempo muy interesantes y muy complicadas, de manera que Pierre abandonó los estudios que estaba realizando sobre magnetismo y se sumó a la labor de su esposa. Marie decidió experimentar con pecblenda, un mineral que, entre otros elementos, contiene uranio. Y descubrió algo alucinante: que la pecblenda aumentaba la conductividad del aire aún más que el uranio extraído de ella. Lo que significaba que en el mineral tenía que haber algún elemento más radiactivo que el uranio. Esta deducción fue muy emocionante, aunque los Curie no tenían ni idea del berenjenal en el que se estaban metiendo, porque por entonces no podían imaginar que los nuevos elementos eran tan enormemente radiactivos y, por consiguiente, estaban representados en la pecblenda en tan ínfimas cantidades que, para poder *cazarlos*, tendrían que procesar una montaña de piedras. En total, diez toneladas de pecblenda para lograr sacar una décima de gramo de cloruro de radio. Y esto lo hicieron en las penosas condiciones del miserable cobertizo, ellos solos o casi solos. «Nadie puede decir si habríamos insistido, dada la pobreza de nuestros medios de investigación, si hubiésemos conocido la verdadera proporción de lo que estábamos buscando», escribió Marie muchos años después. En el patio del hangar, esa delgada mujer que apenas comía media salchicha de pie en todo el día, acarreaba de acá para allá cargas de veinte kilos y removía grandes calderos de mineral hirviente con una pesada barra de hierro casi tan grande como ella. Era una bruja blanca, una hechicera buena. Se pasó tres larguísimos y extenuantes años haciendo esto, y al final consiguió extraer el radio, que era como uno de esos espíritus de los cuentos infantiles, una sustancia ínfima que llameaba con fulgor verdoso azulado. Muy bello, desde luego. Pero mortal.

Aunque no lograron el aislamiento del radio hasta 1902, el descubrimiento del nuevo elemento lo hicieron mucho antes. En el mismo 1898, al poco de empezar, en sólo unos meses de furioso trabajo, los Curie hallaron primero el polonio, cuatrocientas veces más radiactivo que el uranio, y poco después el radio, que, dijeron, era novecientas veces más radiactivo, aunque en realidad es tres mil veces más potente. El 26 de diciembre de 1898 informaron de su hallazgo a la Academia de Ciencias, y enseguida se hicieron bastante famosos, aunque nada comparable a lo que vendría después con el Nobel. El resplandeciente y poderoso radio inflamó la imaginación de los humanos: era el principio mismo de la vida, un pellizco de la energía del cosmos, el fuego de los dioses traído a la Tierra por esos nuevos Prometeos que eran los Curie. Inmediatamente científicos de todo el mundo empezaron a investigar las aplicaciones médicas de su descubrimiento, como, por ejemplo, curar tumores cancerosos (hoy seguimos utilizando la radioterapia para lo mismo, aunque la fuente radiactiva ya no es el radio sino el cobalto), y el entusiasmo alcanzó cotas tan álgidas que el nuevo elemento empezó a utilizarse peligrosa e inconscientemente para todo, como si fuera el bálsamo de Fierabrás.

Por ejemplo, se añadió radio a los cosméticos: a cremas faciales que supuestamente te mantenían joven para siempre, a barras de labios, a tónicos para reforzar y hermosear el cabello, a dentífricos para dejar los dientes blanquísimos y fulminar las caries, a ungüentos milagrosos contra la celulitis. Un anuncio de la crema Alpha-Radium decía: «La radiactividad es un elemento esencial para conservar sanas las células de la piel.» En esto de la belleza las mujeres siempre hemos hecho barbaridades, como usar durante siglos carbonato de plomo para blanquear el rostro, o carmín de labios confeccionado con sulfuro de mercurio, o tintes del cabello hechos con sulfuro de plomo, cal viva y agua, todo ello terriblemente tóxico y a la larga mortal. Entre otros efectos secundarios, el plomo hacía que se cayera el pelo: por eso Isabel I de Inglaterra, que se aclaraba la tez usando un emplasto de plomo con vinagre, terminó luciendo ese impactante aspecto y esa tremenda calva.

Pero el delirio radiactivo abarcaba muchos más campos que los meramente estéticos. Si se ponían una bolsa con radio en el escroto, los varones impotentes se curaban; si la bolsa la atabas a la cintura, dejabas de sufrir artritis. Los baños radiactivos hacían recuperar el vigor, y un poco de radio curaba males como las neuralgias o los catarros. Sarah Dry añade que incluso se confeccionó una lana radiactiva para hacer ropas de bebé: «Al tricotar las prendas para su bebé, utilice la lana O-Radium, una preciosa fuente de calor y energía vital, que no encoge ni se apelmaza.» Desde luego espeluzna leer algo así. El radio estaba presente en cantidades ínfimas en todos estos preparados, por supuesto, porque se trataba de una sustancia muy difícil de obtener y por consiguiente carísima; pero incluso en esas dosis mínimas el nivel de radiación era muy superior a lo que hoy se admite. Ese frenesí del mercado por sacar provecho económico de la nueva mina de oro resulta conocido y repugnante, sobre todo cuando te paras a pensar que probablemente comercializaron la lana tóxica como un producto para bebé precisamente porque era cara, ya que por nuestros hijos estamos dispuestos a hacer más sacrificios (piensa en esas familias de escasos recursos, piensa en un niño de salud delicada, piensa en unos padres que no pueden pagar buenos médicos pero que, haciendo un gran esfuerzo, le compran esa lana radiante y supuestamente sanadora con la que tricotarán al bebé enfermo una amorosa rebequita radiactiva).

Todo este frenesí duró, aunque parezca mentira, cerca de tres décadas: «El mundo se ha vuelto loco con el tema del radio; ha despertado nuestra credulidad exactamente igual que las apariciones de Lourdes despertaron la credulidad de los católicos», escribió Bernard Shaw, recogido por Goldsmith en su libro. Y si por fin la gente empezó a ser consciente de los peligros de la radiactividad en los años treinta, fue en gran parte gracias a un penoso incidente: en 1925, un falso doctor llamado William Bailey patentó y comercializó un producto llamado Radithor; consistía en una solución de agua con isótopos radiactivos y supuestamente curaba la dispepsia, la impotencia, la presión arterial elevada y «ciento cincuenta enfermedades endocrinológicas más». Dos años más tarde, un millonario y campeón de golf llamado Eben Byers empezó a tomar el Radithor por prescripción médica para tratar un dolor crónico en el brazo. Por lo visto al principio declaró que se sentía rejuvenecido (¡lo que es la sugestión!) pero en 1932, después de haberse tragado entre mil y mil quinientas botellas del tónico a lo largo de cinco años, Byers murió físicamente deshecho: anemia severa, destrucción masiva de los huesos de la mandíbula, del cráneo y del esqueleto en general, delgadez extrema y disfunciones en el riñón. Se organizó un escándalo y las autoridades tomaron medidas. Pero resulta increíble que nadie actuara antes: supongo que había demasiados intereses en juego. ¿No te inquieta pensar cuál será hoy nuestra radiactividad autorizada, qué sustancias legales nos estarán matando estúpidamente?

Dice José Manuel Sánchez Ron que, sin que ello suponga minimizar la importancia de Madame Curie, sus aportaciones teóricas no alcanzaron la altura de las de otros grandes nombres de la época, como por ejemplo el también premio Nobel Ernest Rutherford. Una afirmación que ni dudo ni discuto, desde luego: leyendo el libro de Sánchez Ron, que es con diferencia el más puramente científico de cuantos he manejado sobre Madame Curie, se entiende muy bien a qué se refiere. Pero entonces, ¿cuál fue el lugar de esa polaca tenaz en la historia de la ciencia? ¿Qué es lo mejor que hizo? Sarah

Dry explica con didáctica elocuencia que la observación más importante de Marie fue llegar a la conclusión de que la radiactividad era una propiedad atómica de la materia. Justo en aquellos años se estaba empezando a venir abajo la visión newtoniana de los átomos como partículas «sólidas, macizas, duras e impenetrables». En 1897, J. J. Thomson había descubierto la primera partícula subatómica, el electrón; pero en la ciencia oficial todavía prevalecía la idea del átomo como una bola de billar, y cualquier cambio en la estructura a nivel atómico, dice Dry, «estaba considerado un sombrío concepto emparentado con la alquimia [...] no una verdadera ciencia». De manera que Marie formaba parte de la pequeña vanguardia que predicaba la inestabilidad del átomo: «Nunca volvió a realizar una declaración tan profunda o tan inspirada como el salto intuitivo que dio al sugerir que los átomos de este nuevo elemento [el radio] eran, en sí mismos, responsables de la radiactividad que ella estaba midiendo. Su trabajo pionero había creado un puente entre la química y la física» (de nuevo Dry). Y Barbara Goldsmith dice: «En realidad su mayor logro fue emplear un método enteramente nuevo para descubrir elementos midiendo su radiactividad. En la década siguiente, los científicos que localizaron la fuente y la composición de la radiactividad realizaron más descubrimientos sobre el átomo y sobre su estructura que en todos los siglos anteriores. Como dijo el astuto científico Frederick Soddy, "el mayor descubrimiento de Pierre Curie fue Marie Skłodowska. El mayor descubrimiento de ella fue... la radiactividad".»

Sea como fuere, en julio de 1902, tras cocinar y hervir y remover y fraccionar y manipular hasta la extenuación todas esas toneladas de pecblenda, Marie consiguió

por fin un decigramo de cloruro de radio lo suficientemente puro como para poder medir su masa. El resultado de tanta cocción brujeril era una pizca de materia
rutilante que apenas si ocuparía la cincuentava parte de
una cucharilla de té. Antes de hacer público su logro,
Marie se lo contó a su padre en una carta emocionada.
Władysław, que estaba muriéndose, contestó: «Ya estás
en posesión de sales de radio puro. Si pensamos en todo
lo que has hecho para obtenerlas, sería desde luego el
elemento químico más caro de todos. ¡Qué pena que
este trabajo sólo tenga un interés teórico!» Ah, esos progenitores que nunca están satisfechos y para los que
nada es bastante… #HonrarAlPadre. El hombre falleció
seis días después: qué lástima que no llegara a ver el premio Nobel que concedieron a su hija un año más tarde.
Aunque, ahora que lo pienso, probablemente habría encontrado alguna cosita desagradable que decir.

APLASTANDO CARBONES CON LAS MANOS
DESNUDAS

La Muerte juega con nosotros al escondite inglés, ese juego en el que un niño cuenta de cara a la pared y los otros intentan llegar a tocar el muro sin que el niño les vea mientras se mueven. Pues bien, con la Muerte es lo mismo. Entramos, salimos, amamos, odiamos, trabajamos, dormimos; o sea, nos pasamos la vida contando como el chico del juego, entretenidos o aturdidos, sin pensar en que nuestra existencia tiene un fin. Pero de cuando en cuando recordamos que somos mortales y entonces miramos hacia atrás, sobresaltados, y ahí está la Parca, sonriendo, quietecita, muy modosa, como si no se hubiera movido, pero más cerca, un poquito más cerca de nosotros. Y así, cada vez que nos despistamos y nos ocupamos de otras cosas, la Muerte aprovecha para dar un salto y aproximarse. Hasta que llega un momento en que, sin advertirlo, hemos agotado todo nuestro tiempo; y sentimos el aliento frío de la Muerte en el cogote y, un instante después, sin siquiera darnos ocasión de mirar de nuevo para atrás, su zarpa toca nuestra pared y somos suyos.

Uno descubre que está jugando al escondite inglés cuando se le muere alguien cercano que no debería haber muerto. Un fallecimiento intempestivo y fuera de lugar, la Parca avanzando a toda velocidad a nuestras espaldas mientras no miramos. Eso le sucedió a Marie: de pronto llegó corriendo la Muerte y plantó su manaza amarilla sobre Pierre. Fue el 19 de abril de 1906. Llevaban once años juntos. Él tenía cuarenta y siete años; ella treinta y ocho. La crónica del entierro del periódico *Le Journal* decía así: «Madame Curie siguió el féretro de su marido del brazo de su suegro, hasta la tumba cavada al pie de la tapia [...]. Allí permaneció un momento inmóvil, siempre con su mirada fija y dura.» Un exterior traumáticamente gélido y por dentro las Ménades aullando.

En su breve diario de duelo, Marie apunta con obsesivo detalle los últimos días que vivió con Pierre, sus últimos actos, las últimas palabras. Es la incredulidad ante la tragedia: la vida fluía, tan normal, y, de pronto, el abismo. La Muerte mancha también nuestros recuerdos: no soportamos rememorar nuestra ignorancia, nuestra inocencia. Esos días que pasé con Pablo en Nueva York, apenas un mes antes de que le diagnosticaran el cáncer, son ahora una memoria incandescente: él estaba malo y yo no lo sabía, estaba tan enfermo y yo no lo sabía, le quedaba un año de vida y yo no lo sabía; ese desconocimiento abrasa, ese pensamiento es persecutorio, esa inocencia de ambos antes del dolor resulta insoportable. Ahora veo la preciosa foto que hice desde la ventana de nuestro hotel en Manhattan y siento cómo se me hiela el corazón.

Con una muerte así, como la de Pierre; con un diagnóstico así, como el de Pablo, el mundo se derrumba. Y, desde las ruinas, tú te obsesionas en darle vueltas y vueltas al instante anterior al terremoto. ¡Si lo hubiera sabido!, te dices. Pero no, no sabías.

Me quedé todavía un día más en St. Rémy y no regresé hasta el miércoles, en el tren de las dos y veinte, con mal tiempo, frío y lluvioso […]. Quería concederles a las niñas un día más de campo. ¿Por qué estuve tan poco acertada?, fue un día menos que viví contigo.

La #Culpa. También es una obviedad, algo que señalan todos los manuales. #Culpa por no haber dicho, por no haber hecho, por haber discutido por tonterías, por no haberle mostrado más tu cariño. Uno sería infinitamente generoso con los muertos amados: pero claro, siempre es mucho más difícil ser generoso con los vivos. Desde la obtención del Nobel en 1903, y en especial tras el nacimiento de su segunda niña, se diría que Marie había empezado a ver las cosas de otra manera: quería relajarse un poco, trabajar menos, disfrutar de la vida y de su familia. Y, sobre todo, deseaba que su marido descansara y se cuidara. Porque Pierre estaba muy enfermo; llevaba años sufriendo un extraño agotamiento y terribles e incapacitantes dolores de huesos. Los Curie lo atribuían a achaques reumáticos, o Marie, incluso, al exceso de trabajo: «Su fatiga física, originada por el sinfín de obligaciones, se agravaba con las crisis de dolor agudo que sufría cada vez con mayor frecuencia, a causa del agotamiento», escribió en la biografía sobre su marido. En realidad la radiactividad le estaba deshaciendo el esqueleto; si no hubiera muerto atropellado por aquel carro, hubiera sufrido sin lugar a dudas una agonía espantosa (alucinantemente, Marie nunca asumió esos efectos del radio, ni en su esposo ni en ella misma). En el verano de 1905, Pierre estaba tan mal que casi no podía andar y le costaba mantener el equilibrio. El 24 de julio le escribió a un amigo: «Mis dolores parece que vienen de algún tipo de neurastenia, más que de un verdadero reumatismo.» Pobres Curie: estaban siendo peloteados con diagnósticos y tratamientos absurdos, y para peor, como a veces pasa cuando los doctores ignoran lo que tiene el paciente, estaban empezando a echarle la *culpa* al propio enfermo (esto me recuerda lo que sucede hoy con la sensibilidad química o la fibromialgia). Dos semanas más tarde, Pierre volvió a escribir a su amigo: «He sufrido varios ataques nuevos y la menor fatiga los dispara. Me pregunto si seré capaz de volver a trabajar seriamente en el laboratorio algún día en el estado en el que ahora me encuentro.» Angustiada, Marie se echó a llorar ante su hermana Helena. Le dijo que Pierre no podía dormir de lo mucho que le dolía la espalda y que padecía ataques agudos de debilidad. Y, como un ciego que no quiere ver, añadió: «Tal vez se trate de alguna terrible enfermedad que los médicos no reconocen.»

La precaria salud de su marido, en cualquier caso, parecía haberle hecho añorar otro modo de vida. Esa polaca dura y austera, que siempre #HonróASusPadres, que llevó sobre los hombros la injusticia del mundo e #HizoLoDebido, de repente intentó aprender la #Ligereza, maravillosa virtud existencial que consiste en saber vivir el presente con plenitud serena. Pero el problema es que Pierre no la acompañó en ese viaje; al contrario, cuanto más enfermo estaba, más se esforzaba en redoblar el trabajo, como intuyendo que el tiempo se le acababa y que la Muerte estaba a punto de tocar su pared. Y esta diferencia de opiniones probablemente creó ciertas tensiones entre ellos. Por ejemplo, Marie quería que se quedara en St. Rémy con ella y las niñas, pero él se empeñó en volver al laboratorio (¿y por eso ella permaneció un día más en el campo, para *castigarle*? ¿Por eso ese contrito lamento en el diario?). Marie describe la mañana final, el momento en que su marido se marchó de casa:

> Emma regresó, y tú le reprochaste que no tenía la casa suficientemente bien (ella había pedido un aumento). Salías, tenías prisa, yo me estaba ocupando de las niñas, y te marchabas preguntándome en voz baja si iría al laboratorio. Te contesté que no lo sabía y te pedí que no me presionaras. Y justo entonces te fuiste; la última frase que te dirigí no fue una frase de amor y de ternura. Luego, ya sólo te vi muerto.

La #Culpa. La inevitable #Culpa de no haberle dado todo. La #Culpa imperdonable de estar viva y él no (aunque, con su muerte, el ser querido se lleve una buena parte de nosotros, un puñado de años y recuerdos, una porción de carne). Y es que el cuerpo, ese animal, se regocija pese a todo de vivir, como explica Tolstói en su novela corta *La muerte de Iván Ilich*: «El sencillo hecho de enterarse de la muerte de un allegado suscitaba en los presentes, como siempre ocurre, una sensación de complacencia, a saber: "el muerto es él; no soy yo". Cada uno de ellos pensaba o sentía: "Pues sí, él ha muerto, pero yo estoy vivo."» Qué disociación y qué desgarro: todas tus células celebrando frenéticamente la existencia mientras tu cabeza se está ahogando de pena.

De modo que ésos fueron los últimos recuerdos que Marie guardó de Pierre. La vida es maravillosamente grotesca: en su mañana final, ese gran hombre que sin duda fue Pierre Curie se enzarzó en una mísera discusión doméstica con la criada y le negó un aumento de sueldo. Casi me baila una sonrisa en los labios, porque constatar una vez más la pequeñez de los humanos le quita gravedad a la muerte, o al menos la hace tan pequeña como nosotros. Cuando uno se libera del espejismo de la propia importancia, todo da menos miedo.

Marie tuvo la mala suerte de que se despidieran enfadados. Aunque, en una muerte súbita como ésa, no creo que ninguna despedida hubiera podido ser lo suficientemente consoladora. En cualquier caso, Pierre salió de casa y ya no regresó con vida. Primero fue al laboratorio y luego tuvo una comida de trabajo con siete colegas de la Asociación de Profesores de Ciencias. Cuando volvió a salir a la calle llovía torrencialmente. Entorpecido por el paraguas, pretendió cruzar la calle; el tráfico era caótico y ya dije que estaba muy debilitado y se movía con dificultad. Resbaló y cayó; después de todo, las radiaciones lo acabaron matando por carambola. Marie se enteró del suceso al anochecer, horas más tarde, porque, *desobedeciendo* a su marido, no sólo no se había pasado por el laboratorio, sino que se había ido con Irène de excursión al campo. Seguramente eso también la llenó de culpa. Quedarse viuda de repente, en fin, tuvo que ser un atroz anticlímax de la #Ligereza.

Lo primero que le trajeron a Marie, antes de que llegara el cadáver, fue lo que su marido llevaba en los bolsillos: una pluma, unas llaves, un tarjetero, un monedero, un reloj con el cristal intacto y que, irónicamente, aún funcionaba. Qué dolorosos son esos menudos restos parahumanos. Esos objetos que acompañaron la vida de tu muerto tan íntimamente. También yo guardo en algún cajón, sin poder desprenderme de ellos, esos huesecillos del cuerpo social de Pablo: su móvil, que él odiaba; la pequeña agenda con sus pulcras y diminutas anotaciones; la billetera; el DNI, el carnet de conducir, las tarjetas de crédito... La pérdida de un ser querido es una vivencia tan dislocada e insensata que resulta increíble cuánto te puede llegar a turbar y emocionar una tarjeta VISA con el nombre de tu muerto escrito en relieve.

Algunos biógrafos parecen sorprenderse de que el diario tenga la forma de una carta dirigida a Pierre, como si Marie estuviera hablando con él, e incluso hay quienes intentan justificar este detalle aduciendo que los Curie creían en el espiritismo y en la posibilidad de comunicarse con los muertos. Es verdad que hacia el final de su vida Pierre estaba muy interesado en la investigación de las «fuerzas psíquicas» y que había asistido a alguna sesión con una famosa médium. Lo cual, como explica muy bien Sánchez Ron, no significa que al señor Curie se le estuviera fosfatinando la cabeza: por entonces el estudio de los fenómenos paranormales estaba de moda entre los científicos y aún no se habían descubierto las habilidosas supercherías de los supuestos médiums. En realidad el mundo había cambiado tanto en tan pocos años y se estaban descubriendo cosas tan asombrosas (como el mismo radio), que incluso las mentes más rigurosas permanecían abiertas a la indagación de cualquier fenómeno, por chocante que fuera.

Pero lo que a mí me asombra es el asombro de los biógrafos porque Marie dirija sus palabras a Pierre: vaya una tontería la teoría espiritista. ¿Tan difícil es de entender que, cuando se te ha ido alguien querido, lo que no te cabe en la cabeza es su imposible ausencia? Estoy segura de que todos hablamos con nuestros muertos; yo desde luego lo hago, aunque no creo en absoluto en la otra vida. E incluso he sentido a Pablo junto a mí de vez en cuando; y me ha ayudado a no caerme en un par de tropezones, sosteniéndome mientras yo iba dando inestables trompicones hasta recuperar la verticalidad. El cerebro es así. Teje la realidad, construye el mundo.

No, Marie se dirige a Pierre porque no pudo despedirse, porque no pudo decirle todo lo que hubiera tenido que decirle, porque no pudo completar la narración de su existencia en común. Lo expone la doctora Iona Heath en su librito tremendo:

> La muerte forma parte de la vida y es parte del relato de una vida. Es la última oportunidad de hallar un significado y de dar un sentido coherente a lo que pasó antes [...]. Eso tal vez explique por qué, al final de la vida, es tan importante volver a contar y revivir los he-

chos notables y por qué, tanto para la persona moribunda como para quienes la sobrevivirán, hablar de acontecimientos pasados y volver a mirar fotografías compartidas ofrecen un real y auténtico consuelo. Familiares y amigos pueden continuar el relato incluso una vez que la persona está demasiado débil como para contribuir, y hacerlo proporciona consuelo a todos.

Para vivir tenemos que narrarnos; somos un producto de nuestra imaginación. Nuestra memoria en realidad es un invento, un cuento que vamos reescribiendo cada día (lo que recuerdo hoy de mi infancia no es lo que recordaba hace veinte años); lo que quiere decir que nuestra identidad también es ficcional, puesto que se basa en la memoria. Y sin esa imaginación que completa y reconstruye nuestro pasado y que le otorga al caos de la vida una apariencia de sentido, la existencia sería enloquecedora e insoportable, puro ruido y furia. Por eso, cuando alguien fallece, como bien dice la doctora Heath, hay que escribir el final. El final de la vida de quien muere, pero además el final de nuestra vida en común. Contarnos lo que fuimos el uno para el otro, decirnos todas las palabras bellas necesarias, construir puentes sobre las fisuras, desbrozar el paisaje de maleza. Y hay que tallar ese relato redondo en la piedra sepulcral de nuestra memoria.

Marie no pudo hacerlo, claro está, y por eso escribió ese diario. Yo tampoco pude, y quizá por eso escribo este libro. Aunque la enfermedad de mi marido se prolongó durante varios meses, no logramos construir nuestro relato por diversas razones, entre ellas el carácter extremadamente estoico y reservado de Pablo (sé bien que detestaría este libro que ahora estoy haciendo: aunque al

Pablo que me sujeta cuando tropiezo no le desagrada). Pero hay una causa que me parece esencial, y es que desde el principio ya tenía metástasis en el cerebro y terminó perdiendo por completo su maravillosa, original, inteligentísima cabeza. Y así, yo, que me he pasado toda la existencia poniendo palabras sobre la oscuridad, me quedé sin poder narrar la experiencia más importante de mi vida. Ese silencio duele.

Sin embargo, hubo una #Palabra. Una noche estábamos en el hospital, ya muy cerca del fin. Habíamos ingresado por urgencias porque Pablo se encontraba violentamente agitado, confuso, incoherente. Yo había decidido llevármelo a casa al día siguiente y eso hice; una semana después estaba muerto. Esa noche, muy tarde, tras suministrarle todo tipo de drogas, consiguió quedarse tranquilo. Me incliné sobre él para comprobar que estaba bien. Era ese momento de la alta madrugada en el que la noche está a punto de rendirse al día y hay un tiempo que parece estar fuera del tiempo. Un instante de pura eternidad. Imagínate esa habitación de hospital en penumbra, los niquelados brillando con un destello oscuro como de nave espacial, el peso del aire y el silencio, la soledad infinita. Éramos los dos únicos habitantes del mundo y me parecía notar bajo los pies la pesada y chirriante rotación del planeta. En ese momento Pablo abrió los ojos y me miró. «¿Estás bien?», susurré, aunque para entonces ya resultaba prácticamente imposible hablar con él y trabucaba todo y decía *esmeraldas* cuando quería decir *médicos*, por ejemplo. Y, en ese minuto de serenidad perfecta, Pablo sonrió, una sonrisa hermosa y seductora; y con una ternura absoluta, la mayor ternura con que jamás me habló, me dijo: «Mi perrita.»

Fue una palabra rebotada por su cerebro herido,

una palabra espejo sacada de otra parte, pero creo que es lo más hermoso que me han dicho en mi vida.

¡Y ahora escucha! Lo que acabo de hacer es el truco más viejo de la Humanidad frente al horror. La creatividad es justamente esto: un intento alquímico de transmutar el sufrimiento en belleza. El arte en general, y la literatura en particular, son armas poderosas contra el Mal y el Dolor. Las novelas no los vencen (son invencibles), pero nos consuelan del espanto. En primer lugar, porque nos unen al resto de los humanos: la literatura nos hace formar parte del todo y, en el todo, el dolor individual parece que duele un poco menos. Pero además el sortilegio funciona porque, cuando el sufrimiento nos quiebra el espinazo, el arte consigue convertir ese feo y sucio daño en algo bello. Narro y comparto una noche lacerante y al hacerlo arranco chispazos de luz a la negrura (al menos, a mí me sirve). Por eso Conrad escribió *El corazón de las tinieblas*: para exorcizar, para neutralizar su experiencia en el Congo, tan espantosa que casi le volvió loco. Por eso Dickens creó a Oliver Twist y a David Copperfield: para poder soportar el sufrimiento de su propia infancia. Hay que hacer algo con todo eso para que no nos destruya, con ese fragor de desesperación, con el inacabable desperdicio, con la furiosa pena de vivir cuando la vida es cruel. Los humanos nos defendemos del dolor sin sentido adornándolo con la sensatez de la belleza. Aplastamos carbones con las manos desnudas y a veces conseguimos que parezcan diamantes.

UNA CUESTIÓN DE DEDITOS

Hay dos cosas difíciles de entender en la biografía de Madame Curie.

La primera es que, pese a todas las evidencias que se fueron sumando a lo largo de su vida, no llegara a ser consciente del peligro del radio. Aunque habían visto que la exposición mataba a los animales de laboratorio, los Curie pensaban alegre e ilógicamente que a los seres humanos sólo les producía quemaduras en la piel. En los años posteriores al fallecimiento de Pierre, las pruebas de la extrema peligrosidad de la sustancia se fueron multiplicando; varios investigadores murieron y el radio empezó a ser visto con cierta prevención. En 1926 Marie implantó en su laboratorio las normas de seguridad que para entonces ya eran habituales en todas partes, pero ni ella ni su hija Irène las respetaban. De hecho, incluso hacían cosas tan bárbaras como pasar radio y polonio de un recipiente a otro aspirando las sustancias con la boca por medio de una pipeta: véase la foto de Irène haciendo locuras en la muy tardía fecha de 1954.

Las medidas de seguridad, que por otra parte eran insuficientes para los requerimientos actuales, incluían un análisis de sangre periódico, porque ya se sabía que la radiactividad alteraba los glóbulos rojos. Pero Marie estaba tan absurdamente empeñada en defender la naturaleza beneficiosa de su amado radio que, en 1925, y en respuesta a un informe que resaltaba los peligros de la preparación industrial del elemento, escribió que, aunque era necesario advertir del riesgo, ella no era consciente «de ningún accidente grave debido al radio o al mesotorio entre el personal de otras factorías [...] ni entre el personal de mi Instituto». Seis años más tarde, un tercio de los trabajadores del Instituto mostraron anomalías en la sangre. El deslumbrante radio, en fin, era un criminal seductor y silencioso. ¡Qué inocentes y qué irresponsables fueron los Curie al manipularlo! Inocentes al principio, como todo el mundo, cuando nadie sabía las consecuencias. E irresponsables luego, cuando se negaron a reconocerlas. Lo único que llegó a admitir Marie muchos años después, cuando su salud ya estaba totalmente destruida, fue lo siguiente: «La manipulación del radio entraña ciertos peligros —de hecho, yo misma he sufrido algún desarreglo que atribuyo a ello.»

En 1900, unos científicos alemanes se expusieron a la radiación para ver qué pasaba. Pierre decidió seguir su ejemplo y anotó cuidadosamente los resultados:

El Sr. Curie ha reproducido sobre él mismo la experiencia del Sr. Giesel haciendo actuar sobre su brazo, a través de una hoja delgada de gutapercha y durante diez horas, cloruro de bario radificado, de actividad relativamente débil (5.000 veces la del uranio metálico). Tras la acción de los rayos, la piel se ha enrojecido sobre una superficie de seis centímetros cuadrados; la apariencia es la de una quemadura, pero la piel apenas se hace dolorosa. Al cabo de unos días, el enrojecimiento, sin extenderse, aumenta de intensidad; a los veinte días se forman costras, después una llaga que se ha curado utilizando apósitos; a los cuarenta días la epidermis comenzó a regenerarse por los bordes, llegando al centro, y cincuenta y dos días después de la acción de los rayos queda todavía una especie de llaga, que toma un aspecto grisáceo, indicando una mortificación más profunda.

No me digas que la descripción del proceso no es un poquito espeluznante: esa quemadura tan rara que al principio no duele y luego sí, ese daño insidioso que parece ir aumentando e ir taladrando la carne con los días… Y, sin embargo, no se pusieron en alerta.

Este tipo de lesiones fueron muy comunes porque los accidentes abundaban. Por ejemplo, Becquerel se quemó el pecho llevando un pequeño tubo con radio muy activo en el bolsillo del chaleco. Lo de ir con un tubito en el chaleco era algo habitual entre los científicos; y no por cuestiones de trabajo, sino por placer, por orgullo, por maravilla; por el gozo de tener encerrado en un bolsillo al moderno genio de la lámpara, al más poderoso y fulgurante espíritu, a la *suprema fuerza inagotable*, como había definido al radio un periodista. Después de que, en junio de 1903, Marie consiguiera doctorarse en Ciencias en la Sorbona con la máxima nota, hubo una cena de celebración. A los postres todos los invitados salieron al jardín y Pierre sacó un frasquito con radio como quien enciende fuegos artificiales. Rutherford, que estaba presente, escribió: «La luminosidad era brillante en la oscuridad y fue un espléndido final para un día inolvidable.»

Por fortuna para ella, Marie no tenía chaleco en el que meter al hermoso asesino, pero aun así padeció todo tipo de laceraciones:

> Hemos sufrido sobre las manos, durante las investigaciones realizadas con los productos más activos, diversas acciones. Las manos tienen una tendencia general a perder la piel: las extremidades de los dedos que han sostenido tubos o cápsulas que encerraban productos muy activos se vuelven duras y a veces muy dolorosas; para uno de nosotros, la inflamación de las extremidades de los dedos ha durado quince días y ha terminado con la caída de la piel, mientras que una sensación dolorosa no ha desaparecido todavía completamente al cabo de dos meses.

Pero los Curie se tomaban estos percances no ya con estoicismo, sino con una especie de infantil jactancia: eran las cicatrices de su proeza. «En realidad estoy feliz, después de todo, con mis heridas. Mi mujer está tan satisfecha como yo», dijo Pierre a un periodista en 1903. Paladines de cuento, los Curie habían hallado una fuente natural y eterna de energía, un pequeño Dios que cabía en una probeta, y la gesta bien merecía unos cuantos rasguños.

Claro que no eran rasguños. Pierre, ya está dicho, se estaba muriendo lentamente (o quizá ni siquiera tan lentamente) cuando aquel carro lo mató. En cuanto a Marie, la radiactividad la acabó destrozando. La debilidad y la fatiga la acosaron durante décadas y a los sesenta parecía una anciana de ochenta. Hay una foto tremenda de esa época en la que se la ve consumida y con los dedos achicharrados:

Sus últimos años fueron muy dolorosos. El radio la dejó casi ciega, y entre 1923 y 1930 sufrió cuatro operaciones de cataratas. A partir de 1932, las lesiones de sus manos empeoraron. Murió en 1934, a los sesenta y siete años, de una anemia perniciosa provocada sin duda por la radiación. A Irène le fue todavía peor: falleció a los cincuenta y nueve años de leucemia (su marido, Frédéric Joliot, con quien compartió el Nobel por el descubrimiento de la radiactividad artificial, murió dos años más tarde víctima del mismo asesino). La otra hija de los Curie, Ève, que jamás se dedicó a la ciencia y no se acercó a nada radiactivo en su vida, aparte de a su madre y su hermana, vivió en cambio ciento dos años; y creo que es lícito suponer que esa longevidad fuera un rasgo genético, cercenado en el caso de Marie y de Irène por la fría y fulgurante ferocidad del radio.

Es increíble que Marie se negara a percibir el riesgo que todos corrían, sabiendo como sabía tanto del tema. De hecho, conocía perfectamente la manera insidiosa en que la radiactividad lo impregnaba todo y consideraba que era algo muy peligroso, sí, pero ¡sólo para la fiabilidad de sus experimentos!: «Cuando se estudian en profundidad las sustancias radiactivas —escribió—, deben tomarse precauciones especiales si se pretende seguir practicando mediciones precisas. Los distintos objetos utilizados en un laboratorio químico, y los que sirven para experimentos en física, todos se vuelven radiactivos al poco tiempo y actúan sobre placas fotográficas, a través del papel negro. El polvo, el aire de la habitación, las propias ropas, todo se vuelve radiactivo [...]. En el laboratorio en que trabajamos el mal ha alcanzado una fase aguda y ya no podemos tener ningún aparato completamente aislado.» ¡Aterrador! Y aun así, siguió sin querer ver lo obvio. En 1956, el marido de Irène midió la radiactividad de los cuadernos de notas de 1902 de los Curie, y todavía estaban fuertemente contaminados.

¿Y por qué esa cerrazón?

Porque estaban enamorados del radio. Porque era tan bello y había sido todo tan emocionante. Porque Marie lo había liberado de la pecblenda con un esfuerzo titánico. Porque lo había sacado a la luz, es decir, lo había parido. Escribió Marie recordando las primeras épocas del descubrimiento:

> Sentimos una alegría especial al observar que nuestros productos que contenían radio concentrado se volvían espontáneamente luminosos. Mi marido, que esperaba ver hermosas coloraciones, tuvo que estar de acuerdo en que esta otra característica inesperada le dio aún más satisfacción… [estos productos] fueron dispuestos en mesas y tableros [en el laboratorio]: por todas partes podíamos ver siluetas ligeramente luminosas y ese brillo, que parecía suspendido en la penumbra, despertó en nosotros nuevas emociones y encantamiento.

Estaban encantados, ésa es la palabra; embrujados, atrapados por el hechizo del fulgor verdiazul. A veces, después de cenar, corrían al laboratorio para disfrutar con la visión de sus fantasmitas luminosos. Y en la cabecera de la cama tenían una muestra de radio, supongo que para adormecerse con su fosforescencia. Lo cual me recuerda las vírgenes de Fátima que traían mis tías del santuario: pequeñas estatuitas de una fea pasta blancuzca que, al apagar la luz, se encendían como espectros verdosos. Me pregunto ahora si esas vírgenes fosforescentes, que eran muy comunes en mi primera infancia, no llevarían algún ingrediente peligroso. El radio fue utilizado durante años en pinturas para esferas luminosas de relojes: era lo que hacía que se pudiera ver la hora en la oscuridad. Y, de hecho, entre 1922 y 1924 murieron nueve empleadas de una fábrica norteamericana porque mojaban el pincel en su propia saliva para pintar los números con la sustancia letal (se les necrosaron las mandíbulas). ¿Tú crees que en el santuario de Fátima se vigilarían mucho los temas de salud en los años cincuenta? ¿Y si aquellas virgencitas eran radiactivas? Aunque más bien creo que contendrían fósforo. Que también es venenoso. He encontrado la imagen de una de ellas en internet: mide once centímetros y se vende por 6,80 euros.

La segunda cosa difícil de entender de Marie Curie es su completo silencio a la hora de hablar de los problemas añadidos a los que se tenía que enfrentar por ser mujer. Jamás mencionó, ni de refilón, el evidente y feroz machismo de la sociedad en la que vivía, y nunca resaltó las injusticias concretas que ella misma sufrió, que fueron muchas. Por ejemplo, en la lucha por el Nobel. En otoño de 1903, cuatro conocidos científicos redactaron una carta oficial proponiendo a Pierre Curie y a Henri Becquerel para el Premio Nobel de Física de ese año por el descubrimiento del polonio y del radio, sin hacer absolutamente ninguna mención a Marie. Informado del asunto, Pierre hizo lo que debía (pero que mucha gente en su lugar no hubiera hecho): escribió diciendo que, si la propuesta iba en serio, no podría aceptar el premio si no incluían a Madame Curie. Esta carta levantó ampollas y en la trastienda de los galardones hubo sus más y sus menos, pero al final añadieron el nombre de Marie, aunque el dinero que recibieron por el premio siguió siendo el correspondiente a una sola persona (Pierre y Marie obtuvieron setenta mil francos, la misma cantidad que sacó Becquerel). Y cuando les entregaron el galardón, el único que subió al escenario y el único que habló fue Pierre, por supuesto (aunque atribuyó todo el mérito a su esposa, que estaba sentada entre la audiencia).

Lo del Nobel acabó bien, pero hubo otras peleas que se perdieron, como, por ejemplo, cuando la Academia de la Ciencia rechazó su candidatura en el año 1911. Y lo peor no fue no conseguir el sillón, sino la sucia y feroz campaña que hicieron contra ella en los periódicos de derechas. Dry cuenta que en el *Excelsior* publicaron un estudio fisonómico y grafológico de Curie, al estilo de las fichas de los criminales, y concluían que Marie era «alguien peligroso, un espécimen de voluntad perversa e inapropiada ambición que podría resultar nocivo para la Academia». Por supuesto: ya se sabe que la #Ambición siempre es sospechosa en una mujer. Este amarillismo periodístico fue el preludio del horror que se desataría poco después. De la condena masiva y el escándalo. Pero eso te lo contaré más adelante.

Simone de Beauvoir llamaba *mujeres pelota* a aquellas que, tras triunfar con grandes dificultades en la sociedad machista, se prestaban a ser utilizadas por esa misma sociedad para reforzar la discriminación; y así, su imagen era rebotada contra las demás mujeres con el siguiente mensaje: «¿Veis? Ella ha triunfado porque vale; si vosotras no lo conseguís no es por impedimentos sexistas, sino porque no valéis lo suficiente.» ¿Fue Marie Curie una *mujer pelota*? No te equivoques: el hecho de que viviera hace más de un siglo no la exime de ser consciente de las injusticias de género. Ya en la Edad Media hubo mujeres que escribieron textos protofeministas, como Christine de Pisan y su *Ciudad de las damas* (1405), y en concreto en la época de Marie las sufragistas eran tremendamente activas. Así que si no mencionó en absoluto la cuestión feminista no fue porque el tema resultara invisible. Sí, es posible que Marie fuera un poco esa *mujer pelota* de la que hablaba Beauvoir. Era orgullosa. Sabía lo mucho que le había costado todo. Y, en temperamentos así, creo que hay una tendencia a considerarse distinta a las demás. Distinta y mejor. De hecho, dijo una vez sobre las mujeres: «No es preciso llevar una existencia tan antinatural como la mía. Le he entregado una gran cantidad de tiempo a la ciencia, porque quería, porque amaba la investigación… Lo que deseo para las mujeres y las jóvenes es una sencilla vida de familia y algún trabajo que les interese.» Guau. Paternalista, ¿no? ¿O habría que decir maternalista?

Desde luego Marie era, en efecto, distinta y mejor que la inmensa mayoría de las mujeres. Pero también que la inmensa mayoría de los hombres, y quizá fuera ahí donde no lo tuviera tan claro. Aunque, en realidad, la entiendo. En primer lugar, porque es verdaderamente prodigioso que su vida pudiera dar para tanto, y por añadidura con todas las circunstancias que tenía en contra. ¡Es una gesta sobrehumana, titánica! Resulta lógico que no fuera capaz de abarcarlo todo.

Pero sobre todo la entiendo porque es algo que, de alguna manera, nos sucede a todas. De nuevo es un problema del #Lugar, del maldito y borroso espacio propio que tenemos que encontrar las mujeres. Un #Lugar social, pero también un #Lugar íntimo. Qué angustiosa confusión entre el propio deseo y los deberes heredados. Cuando Marie sacó el doctorado, en junio de 1903, estaba embarazada de tres meses (si esta gestación fue tan mala como la primera, cosa que no sé, debió de hacer el examen entre vómito y vómito). En agosto, ya de cinco meses, abortó. Sostiene Goldsmith que la culpa fue de Pierre, que insistió muchísimo en que su mujer lo acompañara en una excursión en bicicleta, a pesar de su estado; y, en efecto, a las tres semanas de pedalear perdió a la criatura. Es muy probable que Goldsmith tenga razón, aunque creo que los efectos de la radiactividad también deberían de tenerse en cuenta: recordemos que el día de su doctorado, estando preñada de tres meses, anduvieron haciendo fueguecitos fatuos con un frasco de radio. Pero, en cualquier caso, la insistencia del delicado Pierre en ese disparate de la bicicleta creo que dice mucho de la manera en que ambos trataban la feminidad de Marie: como si no existiera. Las náuseas se ignoraban, la barriga se desdeñaba, su condición de mujer era algo en lo que no se pensaba jamás. Un activo silencio en la conciencia. Pero por debajo de toda esa negación, rugía la #Culpa, la conocida y tradicional #Culpa-DeLaMujer. Cuando abortó, Marie se hundió en una terrible depresión; estaba tan mal que no pudieron ir a recoger el Nobel hasta junio de 1905. Escribió a su hermana Bronya sobre su pérdida:

Me siento tan consternada por este accidente que no he tenido el valor de escribirle a nadie. Me fui haciendo tanto a la idea de tener el niño que estoy absolutamente desesperada y nadie me puede consolar. Escríbeme, te lo ruego, si crees que ha sido culpa mía por mi fatiga general, pues debo admitir que no he ahorrado mis fuerzas. Tenía confianza en mi constitución y ahora lo lamento con amargura, ya que lo he pagado caro. El bebé —una niñita— estaba en buenas condiciones y vivía. ¡Y yo lo deseaba tanto!

La pena y la #Culpa en carne viva. Qué desgarrador grito final.

Sí, es difícil, muy difícil ser mujer, porque en realidad no sabes en qué consiste ni quieres asumir lo que la tradición exige. Mejor no ser nada para poder serlo todo, que fue, me parece, la opción de Marie. Y quizá también la mía, de algún modo, aunque yo lo tenga incomparablemente más fácil, gracias a ella y a otras como ella. Sí, entiendo bien a esa polaca orgullosa que no quería verse como víctima, porque es un lugar abominable; pero tampoco quería verse como verdugo, ese papel tan ingrato: verdugo de los hombres, de su Pierre. Mejor borrarse.

Y hablando de esas extrañas, hipertrofiadas y mudables identidades del ser *hombre* y el ser *mujer*, en la foto anterior de Marie anciana, esa en la que está acodada en una barandilla y enseña su mano abrasada, he podido constatar que Madame Curie tiene el dedo anular más largo que el dedo índice. Es decir, tiene una mano *masculina*. Varios estudios científicos realizados a lo largo de la última década han demostrado que el tamaño de los dedos de la mano tiene relación con la mayor o menor exposición a la testosterona en el útero materno. La mayoría de los hombres tienen el dedo anular más largo que el dedo índice, y la mayoría de las mujeres tienen el índice más largo que el anular. Pero algunas y algunos incumplen esta regla: David Beckham tiene las proporciones al revés, por ejemplo. Y Madame Curie. Y yo.

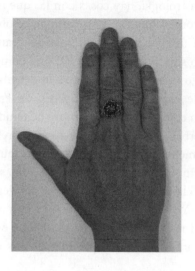

Otro montón de investigadores han estudiado las posibles consecuencias que eso puede conllevar, en el comportamiento o en la salud. Y así, las mujeres con el anular más largo, como Marie o como yo (¡qué maravilla tener algo en común con ella!), supuestamente poseen un cerebro más *varonil*, si es que eso existe; es decir, tienden a ser muy buenas en matemáticas y en orientación espacial, pero flojas en capacidad verbal; también tienen una mayor tendencia al infarto, a la competitividad, a la resistencia física. Según un estudio de las universidades de Oxford y Liverpool de hace un par de años, son más propensas a ser promiscuas. Y según Scarborough y Johnson (2005), a las mujeres con el anular más largo les gustan los hombres muy masculinos, de mandíbula poderosa y cuerpo fuerte. Son trabajos científicos serios, pero a mí me suenan un poco como las predicciones del zodiaco. Y, exactamente igual que con la astrología, hay cosas con las que me identifico y otras con las que no. Por ejemplo, es obvio que en el caso de Curie sus dotes matemáticas eran asombrosas, pero yo soy un auténtico zote, una completa inútil tanto para los números como para la orientación espacial (soy de esas mujeres incapaces de entender un mapa) y, sin embargo, desde siempre he tenido una gran facilidad verbal. De modo que en eso mi cerebro sería lo más tópicamente femenino que pensarse pueda. Se me ocurre, en fin, que todos esos estudios están simplemente arañando la superficie de las cosas, sin llegar a atinar con lo real. Y bastante lío teníamos ya con intentar desentrañar el resbaladizo enigma de lo que es ser mujer (o ser hombre) como para que además nos vengan con deditos.

PERO ME ESFUERZO

Tras ganar el Nobel, los Curie se hicieron mundialmente famosos. Y gracias a esa fama empezaron a llegar los reconocimientos que les habían sido esquivos durante tanto tiempo. Porque lo cierto es que hasta entonces, pese al descubrimiento del radio y la radiactividad, la sociedad francesa se había portado de una manera muy rácana con ellos. Pierre intentó obtener la cátedra de Mineralogía de la Sorbona, para la que estaba sobradamente acreditado, pero no se la dieron; se presentó a la Academia de Ciencias, pero lo rechazaron. Los ingresos de la pareja eran muy modestos; Marie se tenía que ir hasta Sèvres varios días a la semana para dar clases, y Pierre, debilitado como estaba, se agotaba atendiendo a sus propios alumnos. Pero lo peor era no disponer de un buen laboratorio. Los Curie estaban desesperados por conseguir un lugar en condiciones en el que poder trabajar, pero, aunque lo probaron todo, no hubo manera de lograrlo. En 1902 le quisieron dar a Pierre la Legión de Honor, y él la rechazó con las siguientes palabras: «Por favor, agradezca al Ministro de mi parte e infórmele de que no siento la más mínima necesidad de ser condecorado, pero que estoy en la más aguda necesidad de un laboratorio.» Pues bien, ni con ésas. «Es bastante dura esta vida que hemos escogido», le confió Pierre a Marie un día de desaliento.

Pero con el Nobel empezó a cambiar la situación. La Sorbona ofreció por fin a Pierre una cátedra de Ciencias y, después de mucho discutir, un laboratorio, aunque se trataba de un lugar pequeño, sólo dos habitaciones, y en todos los sentidos insuficiente. Muchos años después, Marie escribió: «Uno no puede evitar sentir cierta amargura al pensar que [...] uno de los mejores científicos franceses nunca tuvo a su disposición un laboratorio como es debido, aunque su genialidad se había revelado desde que tenía veinte años.» Pero, de todos modos, esas dos habitaciones eran preferibles al ruinoso hangar y además, y esto era lo mejor, la Sorbona había puesto a Marie como jefa del laboratorio. Así que por primera vez Madame Curie podría hacer sus investigaciones con sueldo y con un cargo reconocido. Todo su trabajo anterior, incluyendo el descubrimiento del radio, lo había hecho gratis y de manera extraoficial, como una okupa del sucio y viejo galpón.

Pero la fama también tenía su precio. No paraban de dar entrevistas y de ser reclamados en todas partes y Pierre, disminuido por la enfermedad, se sentía angustiado por el tiempo que eso les robaba del trabajo. En cuanto a Marie, se quedó de nuevo encinta, y cuenta Ève que ese embarazo (que era el suyo, es decir, era ella quien estaba ahí dentro) fue un tiempo terrorífico y muy deprimente para Madame Curie. «¿Por qué estoy trayendo a esta criatura al mundo?», repetía constantemente Marie. Pobre Ève: si escribió eso en el libro tuvo que ser porque su madre se lo había contado. Sería una de esas leyendas familiares que se te clavan en corazón como un cuchillo. Y Ève añade las supuestas razones que su madre aducía para no querer tenerla: «La existencia es demasiado dura, demasiado árida. No deberíamos infligírsela a seres inocentes...» Paparruchas: no hay justificación para una hija que pueda anestesiar semejante herida: su madre no quiso tenerla. Sí a Irène, sí a la niña que murió, pero no a ella. E inmediatamente después, Ève escribe: «El parto fue doloroso, interminable.» No me extraña que diga que su infancia fue desdichada.

Sin embargo, tras el nacimiento de la niña el ánimo de Marie mejoró rápidamente. Pronto se la vio razonablemente feliz; por un lado, era la primera vez que podían estar tranquilos con respecto al dinero, y ella había sufrido mucho toda su vida por los problemas económicos; pero además es que debía de gustarle el éxito más que a Pierre, y no ya por humana pero hueca vanidad, sino porque ese éxito, en ella, suponía el reconocimiento de quien era. Por fin la admitían, por fin conseguía *ser vista*, después de tanta lucha. Es lógico que disfrutara de ello. Lo único que empañaba la alegría de Marie era el penoso estado físico de Pierre, pero pese a ello estaba intentando cultivar el placer de la vida y la #Ligereza. ¡Incluso había momentos en los que bromeaba y reía! Y aquí viene una de esas #Coincidencias espeluznantes. Algo que parece sacado de una novela.

Fue a principios de 1906. Un desconocido se paró por la calle admirando lo bonita que era Ève, que apenas tenía un año, y probablemente preguntara a quién había salido la nena, porque, de pronto, con sorpresivo humor, Marie contestó muy seria que no sabía de quién había heredado esa belleza, porque la bebé era una pobre huérfana. A partir de entonces solía llamar a Ève «mi pobre huerfanita» y se partía de risa. Es decir, debió de llamarla así durante un par de meses; hasta que, en abril, Pierre murió y Ève alcanzó de verdad la orfandad.

Ah, las #Coincidencias. Son raras, son imposibles, son inquietantes y abundan, sobre todo, en la literatura. No quiero decir dentro de las novelas, sino en las proximidades de la escritura. O en la relación entre la escritura y la vida real.

Por ejemplo: mi penúltima novela se titula *Instrucciones para salvar el mundo*. El personaje principal es un taxista, Matías, que ha perdido a su mujer por un tumor maligno fulminante; la historia empieza en el cementerio, cuando Matías entierra a su esposa, y luego acompañamos al personaje durante su duelo y hasta que consigue empezar a salir de la oscuridad. Publiqué la novela en mayo de 2008; y el 12 de julio le diagnosticaron el cáncer a mi marido. Es decir: me había pasado tres años escribiendo mi historia sin saberlo. Tres años intentando vivir la pérdida de Matías. Tres años desentrañando o adivinando lo que podía ser ese recorrido de dolor. ¿Lo hice bien? Ahora que lo he vivido de verdad, ¿supe intuirlo? Pues sí y no. Hay detalles atinados. Percepciones exactas. Pero no llegué al fondo. Por ahí abajo había un pez abisal de oscuridad del que sólo llegué a atisbar un pequeño movimiento entre las aguas.

Otro ejemplo, y ésta es una #Coincidencia realmente asombrosa, me sucedió cuando estaba escribiendo *Historia del Rey Transparente*, novela que publiqué en 2005. La acción sucede en la Edad Media y la protagonista es una campesina que al comienzo del libro tiene quince años, una pobre sierva de la gleba que se queda sola en un mundo en guerra porque a su padre y hermano se los han llevado como soldados. Para protegerse, Leola, que es como se llama mi campesina, se mete de madrugada en un campo de batalla, desnuda a un caballero muerto y se cubre con su armadura para ocultar su condición de mujer. Es noche de luna llena y el campo está espectralmente iluminado por una luz de plata que nos permite ver los caballos destripados y los cadáveres de los guerreros, engarabitados por el rigor de la muerte. Yo estaba escribiendo esa escena y me encontraba verdaderamente allí, en ese campo, bajo ese resplandor helado, oliendo a hierro y sangre, deambulando entre los caídos en busca de alguno con la talla apropiada para mi cuerpo de Leola. Hasta que al fin lo encontré y, arrodillándome junto a mi muerto, comencé a desnudarlo: le quité las brafoneras, las calzas, la cota de malla, el gambesón, el casco y... Me quedé con la mano en el aire, porque quería sacarle a mi cadáver esa pieza de armadura que es un verdugo de anillas de hierro, una toca que cubre la cabeza y el cuello y sólo deja el rostro al descubierto, y de pronto me di cuenta de que no sabía cómo se llamaba. Llevaba años preparando este libro; había reunido una documentación abundantísima sobre la Edad Media; creía saberlo todo o casi todo, pero resulta que no tenía el nombre de esa maldita pieza. Y esa palabra que me faltaba me sacó del campo de batalla, de la noche fulgurante, de Leola. Me echó de un empellón de la novela. ¡Y yo que estaba hipnotizada escribiendo! Pero no me sentía capaz de seguir si no conseguía saber el nombre exacto.

Y ahora déjame que te diga lo muchísimo que ha cambiado la vida desde 2003 o 2004, que debió de ser la fecha en la que sucedió esto que estoy contando. Porque hoy tecleas en google «protección de la cabeza armaduras siglo xii» e inmediatamente sale todo lo que quieras saber, con dibujos, reproducciones, etimologías. Lo acabo de hacer y es facilísimo. De hecho, esta foto es de una página que vende armaduras por internet (qué mundo tan raro).

Pero entonces no, oh no, ni mucho menos. Entonces era dificilísimo, por no decir casi imposible, encontrar un dato así: cómo se llamaba esa pieza concreta en el siglo XII, porque además tenía que pertenecer a esa época, las armaduras fueron cambiando con el tiempo y la que yo necesitaba era justamente de ese momento.

Me levanté de mi mesa de trabajo desesperada. Como siempre me ha gustado la historia, llevaba tal vez una década suscrita a las revistas *Historia 16* y *La aventura de la Historia*, y estaba segura de que en alguna de esas revistas y alguno de esos años había visto un par de reportajes sobre las armaduras medievales. Pero, ¿serían del siglo XII? ¿Y detallarían las piezas de la cabeza?

Y, sobre todo, ¿cómo demonios encontrarlo? Soy caótica y descuidada, en realidad un desastre, y los ejemplares de ambas revistas estaban metidos por cualquier parte, en diversos rincones de mi casa, sin ordenar. Encontrarlo sería un trabajo de muchas horas, quizá de días, y al final tal vez no me sirviera para nada.

Resoplé.

Sufrí.

Me irrité.

Gruñí.

Me puse a dar vueltas como un escualo por la casa mientras pensaba cómo solucionar ese problema. Pero tenía la cabeza embotada. Sintiéndome frustrada y desterrada de mi propia novela, fui al dormitorio, me tumbé sobre la cama y, alargando la mano, cogí distraídamente de la mesilla el último número de *La aventura de la Historia*, que me acababa de llegar y aún no había leído. Lo abrí al tuntún, por la mitad. Y ahí, en la doble página, había un detallado estudio sobre las piezas de la cabeza en las armaduras del siglo XII, con dibujos y todo. Almófar. La maldita pieza se llamaba «almófar».

Esta historia sucedió exactamente así, como te la cuento. La he pensado bastante, y supongo que, al llegar a casa la revista, la debí de hojear y probablemente vi, aunque no lo recordara, el reportaje de las armaduras. De modo que luego mi inconsciente, siempre mucho más sabio que el consciente, me hizo abrir la revista por el lugar adecuado. Pero en cualquier caso esto no explica que *La aventura de la Historia* sacara ese trabajo justo en el mes en que yo lo iba a necesitar.

Existe un dios de los novelistas. O una diosa.

Y por último: ¿no es una #Coincidencia que Elena Ramírez me mandara el diario de Marie Curie justo cuando acababa de bloquearme y estaba a punto de sumirme en el pánico? ¿Y que lo hiciera sin tener ni idea de ese bloqueo? ¿Y no es una de esas #Coincidencias que la vida regala el hecho de que, al leer el breve texto, yo sintiera que se despertaban tantos ecos dentro de mí? Y no sólo por la muerte próxima y el duelo, no sólo por la pérdida y la ausencia, sino porque la vida misma de Marie Curie, su personalidad, su biografía, parecía estar atravesada por todas esas #Palabras sobre las que he estado reflexionando recientemente, mis ideas en construcción, mis pensamientos recurrentes del último año. Jung me cae fatal, abomino de la magia y creo que los científicos como Rupert Sheldrake son muy dudosos, pero, con los años, tengo la creciente sensación de que hay una continuidad en la mente humana; de que, en efecto, existe un inconsciente colectivo que nos entreteje, como si fuéramos cardúmenes de apretados peces que danzan al unísono sin saberlo. Y las #Coincidencias forman parte de esa danza, de ese todo, de esa música, de esa canción común que no conseguimos terminar de escuchar porque el viento sólo nos trae notas aisladas. Ya sé que no hay rigor científico en lo que digo, pero es un pensamiento consolador, porque coloca la pequeña tragedia de tu vida individual en perspectiva. Cuando era más joven, de hecho hasta hace poco, aspiraba como novelista a la grandeza; a elevarme como un águila y escribir el gran libro sobre la condición humana. Ahora, en cambio, aspiro simple y modestamente a la libertad; si consiguiera ser verdaderamente libre escribiendo, libre del yo consciente, de los mandatos heredados, de la supeditación a la mirada de los otros, de la propia #Ambición, del deseo de elevarme como un águila, de mis miedos y mis dudas y mis deudas y mis mezquindades, entonces lograría descender hasta el fondo de mi inconsciente y quizá pudiera escuchar por un instante la canción colectiva. Porque muy dentro de mí estamos todos. Sólo siendo absolutamente libre se puede bailar bien, se puede hacer bien el amor y se puede escribir bien. Actividades todas ellas importantísimas. Y entonces me preguntarás: ¿Estás siendo de verdad libre en este texto que ahora estás haciendo? Y yo te contesto: Pues no. Tampoco aquí. Pero me esfuerzo.

UNA SONRISA FEROZMENTE ALENTADORA

Tras la muerte de Pierre, poco a poco fue tomando forma una corriente de opinión que intentó socavar el prestigio de Marie. Había científicos que estaban celosos de su éxito, y su condición de mujer seguía siendo un fastidio para muchos. Y así, no sólo empezaron a decir que sin su marido no hacía nada memorable, sino que también trataron de minimizar su importancia en el pasado y su contribución en el descubrimiento del radio. Es cierto que los trabajos de Madame Curie no estuvieron a la altura científica de los de sus mejores contemporáneos, pero es que Marie estaba en otra cosa. Como señala Goldsmith, había dedicado toda su energía y su laboratorio a «la investigación médica, biológica e industrial en beneficio de la humanidad». Su parte activista, política y social, que era más fuerte en ella que en Pierre, se redobló al quedarse sola. Y además, si te fijas, con ello le estaba sacando un rendimiento práctico a su descubrimiento, que era justo lo contrario de lo que había vaticinado su progenitor antes de morir. #HonrarAlPadre.

Y así, Madame Curie se concentró en el estudio de

la medición de las sustancias radiactivas, creó un servicio de autenticación de esas medidas y definió el patrón internacional del radio, algo esencial tanto para la industria como para las aplicaciones médicas. El patrón fue aceptado por la comunidad científica y recibió el nombre de Curio (ahora el patrón internacional es el Becquerelio, aunque el curio se sigue utilizando mucho). Por último, hizo algo que le costó un tremendo esfuerzo: se empeñó en conseguir el metal puro de radio (hasta entonces sólo había sales) ¿Y por qué asumió semejante y bastante inútil reto? Pues porque parte de la comunidad científica seguía dudando de esa maldita intrusa. Barbara Goldsmith lo explica muy bien: «Lord Kelvin [importante físico y matemático británico] hizo a los ochenta y dos años algo que dudamos que hubiera hecho de haber sido ella un científico varón: escribió una carta a *The Times* afirmando que el radio de Madame Curie no era un elemento sino un compuesto de helio.» ¡Y encima no mandó su opinión crítica a una revista científica, como hubiera sido lo correcto, sino que la aireó en un periódico general, en el diario más importante del país! Qué manera de desdeñar a Marie; y de intentar rebajarla públicamente. Así que no es de extrañar que la combativa y orgullosa polaca dedicara tres años, junto con un científico amigo llamado André Debierne, a la obtención del metal puro, para acabar así definitivamente con tanta tontería. Y, en efecto, lograron producir un cuadradito ínfimo, de color blanco brillante, que se oscurecía inmediatamente al contacto con el aire. Lo mantuvieron en su forma metálica muy poco tiempo y no volvieron a repetir el proceso nunca más.

Para el gran público, eso sí, Marie era toda una celebridad. Era la estrella de la ciencia, la rockera del laboratorio, con su pasado de santidad (el esfuerzo de remover los calderos de pecblenda, la pobreza del hangar en el que trabajaban) y un presente de martirio por su viudez. Pero se diría que ahora Madame Curie ya no disfrutaba en absoluto del éxito. Vivía luchando contra el dolor del duelo y se drogaba con el trabajo. A menudo permanecía en el laboratorio hasta las dos de la madrugada, y a la mañana siguiente ya estaba allí a las ocho. No comía, no descansaba. Su hija Ève habla de desmayos, de derrumbes físicos y psíquicos.

Tras quedarse viuda, le quisieron dar una pensión oficial, que ella rechazó. Entonces la Sorbona se vio impelida a ofrecerle las clases de la cátedra de Pierre, y Marie aceptó. Lo cuenta en una hermosa y conmovedora entrada de su diario:

14 de mayo de 1906

Mi pequeño Pierre, quisiera decirte que los ébanos falsos han florecido, y que las glicinias y el espino blanco y los lirios empiezan, te habría encantado ver todo esto y calentarte al sol. Quiero decirte también que me han nombrado para tu puesto y ha habido imbéciles que me han felicitado. Y también que sigo viviendo sin consuelo y que no sé en qué me convertiré ni cómo soportaré la tarea que me queda. Por momentos, me parece que mi dolor se debilita y se adormece, pero enseguida renace tenaz y poderoso.

Por entonces no hacía ni un mes que Pierre había muerto y la primavera estallaba con esa anonadante indiferencia con que la vida continúa después del fallecimiento de alguien querido. Pero cómo, ¿el mundo sigue igual sin él? Tu cabeza lo entiende, pero tu corazón se queda atónito. Y qué decir de los ébanos en flor, de las glicinias... Cómo entiendo ese esplendor vegetal, esa belleza. Pablo también era un gran aficionado a la jardinería, a la botánica. Durante veinte años recorrimos todo tipo de montañas y él me iba preguntando el nombre de cada hojita; aprendí a reconocer algunas, pero la mayor parte de las veces no acertaba y el examen me resultaba fastidioso. Hoy me hago yo misma las preguntas cada vez que voy al campo; y me desespera no tener quien me corrija cuando fallo. Hay algo curioso con los muertos queridos, y es que se produce una especie de posesión. Como si tu muerto se reencarnara en ti de alguna forma, de manera que empiezas a sentir como propias ciertas fobias o ciertas aficiones del ausente que antes no compartías. Se diría que es algo que también le sucedió a Marie. Cuenta en el diario:

> Llegada de Józef y Bronya [los hermanos de Marie]. Son buenos. Pero se habla demasiado en esta casa. Se nota que ya no estás, Pierre mío, tú que detestabas el ruido.

Y varias entradas más adelante:

> [...] he intentado rodearme de un gran silencio.

Según Ève, su madre no consentía ni un ruido, ni un grito. Y terminó hablando tan bajito que apenas se le oía. Como si estuviera siguiendo, e incluso multiplicando, las manías de Pierre.

Pero te decía que Madame Curie aceptó hacerse cargo de la cátedra de su marido. Cuando empezó el curso, escribió:

6 de noviembre de 1906

Ayer di la primera clase sustituyendo a mi Pierre. ¡Qué desconsuelo y qué desesperación! Te habría hecho feliz verme como profesora en la Sorbona, y yo misma lo habría hecho por ti encantada. Pero hacerlo en tu lugar, oh, Pierre mío, ¡se podría soñar una cosa más cruel, cómo he sufrido, qué desanimada estoy! Siento que la facultad de vivir ha muerto en mí, y no tengo más que el deber de criar a mis hijas y continuar la tarea aceptada. Quizá sea también el deseo de demostrar al mundo y sobre todo a mí misma que aquella a quien tú amaste realmente valía algo.

Ah, qué tremenda esta entrada de su diario... Marie es la primera que tiene dudas. Su pelea contra el mundo pasa antes que nada por una pelea contra sí misma. Cuando todo el entorno y tu propia educación te están diciendo que no eres, que no sirves, que no correspondes a ese #Lugar, es difícil no sentirse una impostora. Pero Marie aceptó el reto, como siempre hacía. Dio clases a partir de 1906, aunque la Sorbona tardó dos años más en concederle oficialmente la titularidad de la cátedra. Fue la primera mujer que enseñó en la universidad.

El breve diario dirigido a Pierre se acaba justo en el aniversario de su muerte. Supongo que Marie, que siempre se esforzaba por #HacerLoQueSeDebe, consideró que un año era el duelo permitido, el duelo decente y adecuado. Ésta es la última entrada:

Abril de 1907

Hace un año. Vivo para sus niñas, para su padre anciano. El dolor es sordo, pero sigue vivo. La carga pesa sobre mis hombros. ¿Cuán dulce sería dormirse y no despertarse más? ¡Qué jóvenes son mis pobres cariñitos! ¡Qué cansada me siento! ¿Tendré todavía el coraje de escribir?

Pues no, no lo tuvo. En este párrafo final, a Marie le faltó añadir que también vivía para el trabajo. Fuera de eso, era cierto que no salía ni veía a nadie. O a casi nadie, aparte de un grupito de íntimos colaboradores científicos.

Y así fueron pasando los años.

Hasta que, de repente, sucedió.

A principios de 1910 murió el padre de Pierre. Marie amaba a su suegro, que además vivía con ella. Debió de ser un trance doloroso. Pero apenas un par de meses más tarde, en primavera, Madame Curie apareció un día a tomar café en casa de unos amigos, el matemático Émile Borel y su mujer, y se la veía distinta, rejuvenecida, feliz. En vez de ir de negro, como siempre, se había puesto un vestido blanco y llevaba una rosa prendida en la cintura.

¿Quieres volver a adivinar o es demasiado obvio? En efecto: estaba enamorada. Por entonces, Marie tenía cuarenta y dos años. Y hacía cuatro que había muerto Pierre. Bien podía permitirse que la vida le calentara de nuevo el corazón. El elegido era Paul Langevin, cinco años más joven que ella, un físico eminente (como curiosidad diré que inventó el sónar, aunque ha pasado a la historia por logros científicos mucho más importantes), antiguo alumno de Pierre, amigo y colaborador muy cercano del matrimonio Curie. Y además... ¡era

guapo! Aunque en un estilo ardiente y como de briga-
dier, muy bigotudo e intenso.

El problema era que Paul Langevin estaba casado.
Todo el mundo sabía que se llevaba fatal con su mujer,
Jeanne Desfosses, desde hacía años... pero habían tenido cuatro hijos. Paul y Marie se veían a menudo por
cuestiones profesionales: entre otras cosas, él le ayudaba
a preparar las clases de la Sorbona. Marie confesó a una
amiga que estaba fascinada por «la maravillosa inteligencia» de Langevin (y por sus rotundos mostachos y el
candil de sus ojos, me atrevería a añadir); en cuanto a él,
se sentía atraído por Marie «como hacia una luz, en el
santuario de luto en que se había encerrado, con un fra-
ternal afecto nacido de la amistad por ella y su marido,
que fue haciéndose más estrecho [...] y comencé a buscar en ella la ternura que me faltaba en casa».

Curiosamente, algunas biografías, como la muy reciente de Belén Yuste y Sonnia Rivas-Caballero, siguen
pasando de puntillas por este incidente o incluso negan-

do la veracidad del mismo, como si fuera algo vergonzoso. Para mí no lo es. Marie no sólo tenía todo el derecho a enamorarse, sino que lo verdaderamente vergonzoso fue el escándalo que se creó. El linchamiento al que fue sometida.

Al parecer para julio de 1910 ya eran amantes. El volcánico corazón de Marie se lanzó al amor una vez más. Escribió a Langevin:

> Sería tan bueno conseguir la libertad necesaria para vernos tanto como nos permitan nuestras diversas ocupaciones, para trabajar juntos, para pasear o para viajar juntos, cuando las circunstancias lo permitan. Existen profundas afinidades entre nosotros que no necesitan más que una situación favorable para desarrollarse... El instinto que nos ha llevado el uno al otro era muy poderoso... ¿Qué no podría surgir de este sentimiento...? Creo que podríamos derivarlo todo de él: un buen trabajo en común, una buena y sólida amistad, coraje para vivir e incluso unos hermosos hijos en el sentido más bello de la palabra.

Atiza: ¿hablaba metafóricamente o quería de verdad hijos con él? ¿A los cuarenta y dos años? Marie intentaba dar a sus palabras un tono sensato y contenido (*lo que nos permitan nuestras ocupaciones* y blablablá) pero por debajo bramaba la pasión como en una berrea de ciervos. Es un texto escrito con el cuerpo. Con la piel. Con una memoria todavía en llamas por la gloria del sexo. Ah, sí, a juzgar por esta carta, Marie estaba perdida: quería estar con Langevin a todas horas.

Yo miro ahora las fotos de ambos, las fotos más o menos de esa época, y me esfuerzo por imaginarlos en la cama.

Para mí no hay nada morboso o impúdico en esto de intentar representármelos en el acto amoroso. Antes al contrario: hay un deseo de sentirles cerca, de meterme en su pellejo, de comprenderlos. Siempre he pensado que el sexo es una vía maravillosa para poder ponerte en el lugar del otro. Cuando visito ruinas arqueológicas y lugares históricos y añejos, procuro imaginarme a aquellos remotos habitantes haciendo el amor, porque, por mucho que hayan cambiado las costumbres, eso no puede ser muy diferente. En los castillos medievales, en el enigmático Machu Picchu, en las vetustas pirámides de Egipto: la piel siempre tuvo que ser la piel y el ansia, el ansia. Y así puedo percibir su presencia, puedo revivir a los antiguos en mi cabeza, puedo saber lo que vieron, lo que sintieron; la intimidad del lecho, la penumbra; la embriaguez de unos brazos cálidos y fuertes, de un cuello sudoroso; la suavidad de las caderas, el esplendor del roce. En el caso de Marie y de Paul, veo perfectamente el bigotazo de Langevin recortándose contra el techo a la luz de una vela. Y esa mirada de ternura, de sorpresa y deseo.

Me alegro de que la sangre volviera a hervir dentro de las venas de Marie; sólo lamento que durara tan poco y que lo pagara tan caro. La mujer de Paul, que había aguantado las diversas infidelidades de su marido, enloqueció cuando descubrió que estaba con Curie (¿y cómo lo supo? ¿Se le fue la lengua a Langevin?). Comprendo que se sintiera doblemente traicionada porque Marie era de su entorno y se conocían, cosa que desde luego es muy desagradable; pero, de todas formas, se diría que Jeanne era una mujer espantosa, chiflada y violenta, y que Paul y ella mantenían una de esas relaciones enfermizas que son un infierno. En esa primavera de 1910, supongo que poco antes de que se hicieran amantes, Jeanne le dijo a Marie que Paul la trataba con crueldad (¿la pegaba?); en consecuencia, Marie regañó a Langevin, que entonces le mostró un profundo corte que tenía en la cabeza de un botellazo que le había atizado Jeanne (¿se pegaban?). El horror, en fin.

El caso es que, cuando se enteró de la relación, esa energúmena dijo que iba a matar a Marie, y Paul la creyó muy capaz de hacerlo. Una noche Jeanne y su hermana asaltaron a Madame Curie en un callejón oscuro y la amenazaron con quitarle la vida si no se iba inmediatamente de Francia. Aterrorizada, Marie no se atrevió a regresar a su casa y se refugió en la de un amigo, Perrin, que sería premio Nobel de Física en 1926. Las cosas siguieron fatal durante meses; Paul y Marie se veían, cuando podían, en un apartamento que él había alquilado cerca de la Sorbona. Hay una serie de cartas de Marie a Paul, escritas en 1910, en las que se ve que Madame Curie estaba entrando en una fase de angustioso amor desenfrenado, cosa comprensible dadas las circunstancias. Estaba obsesionada por Langevin, probablemente porque él se comportaba de una manera ambigua, y no hay nada que avive tanto la pasión como la sensación de que el amado se nos escapa. Marie, que debía de llevar años, como todos los amigos, escuchando los amargos lamentos conyugales de Paul, quería que se separara de una vez de su mujer. Nada más lógico. Pero Langevin era un dubitativo insoportable; ya se había separado en una ocasión anterior de su esposa y había terminado rogándole que le dejara volver. A veces las relaciones que se cimentan en el daño son más persistentes que las que se basan en el amor.

Marie le escribía cosas como ésta: «Paul mío, te abrazo con toda mi ternura... Trataré de volver al trabajo, aunque es difícil en este estado de nervios.» O como ésta: «Piensa en eso, Paul mío, cuando te invada demasiado el temor a hacer daño a tus hijos; ellos nunca correrán tantos riesgos como mis pobres niñas, que podrían quedarse huérfanas de la noche a la mañana si no encontramos una solución estable.» En su estupenda biografía sobre Curie, Goldsmith considera que en ese párrafo hay una velada amenaza de suicidio, pero a mí, la verdad, me parece que más bien está hablando de la posibilidad de que la aterradora Jeanne cumpla su criminal promesa. Goldsmith también critica a Marie por esta otra carta, que la biógrafa considera cruel e insensible: «No te dejes influir por una crisis de gritos y lágrimas. Piensa en el dicho del cocodrilo que llora porque no se ha comido a su presa, las lágrimas de tu mujer son de ese tipo.» Yo creo, en cambio, que es un consejo de lo más lógico para intentar proteger a su amado de una relación obviamente desquiciada, melodramática y violenta. No sé, se diría que hay un profundo prejuicio soterrado que sigue funcionando, incluso hoy, frente a la mujer que participa en un adulterio. La tercera. La mala.

«Cuando sé que estás con ella, mis noches son atroces. No puedo dormir, a duras penas consigo dormir dos o tres horas; me despierto con la sensación de tener fiebre y no puedo trabajar. Haz lo que puedas y acaba con ello. No puedo seguir viviendo en nuestra situación actual», escribe Marie. Ah, el tormento de los celos: «No bajes nunca [del dormitorio del piso superior] a menos que ella venga a buscarte, trabaja hasta tarde... En cuanto al pretexto que estás buscando, dile que, al trabajar hasta tarde y levantarte temprano, necesitas descanso [...] y que su petición de compartir lecho te enerva y te hace imposible descansar normalmente.»

Por si no hubiera quedado suficientemente claro, Marie le dice a Langevin que ni se le ocurra volver a hacer el amor con su mujer y tener un hijo: «Si ocurriera eso, significaría nuestra separación definitiva... Puedo arriesgar mi vida y mi posición por ti, pero no podría aceptar esta deshonra... Si tu mujer lo comprende, ella utilizará este método inmediatamente.» No parecía tenerle demasiada confianza a Paul, y con razón. Por esa época Marie le dijo a su amiga Marguerite Borel que temía que Langevin cediera a las presiones de Jeanne: «Tú y yo somos duras... él es débil.»

Y aquí hay que hacer un punto y aparte para hablar de la #DebilidadDeLosHombres, una gran verdad que todas conocemos pero ninguna menciona.

Quiero decir que el verdadero sexo débil es el masculino. No sucede con todos los varones y no siempre, pero puestos a hablar de una debilidad genérica, los hombres se llevan la palma. Y, en cualquier caso, *nosotras* les creemos débiles y les tratamos, por consiguiente, con unos miramientos y una sobreprotección alucinantes. Tal vez sea cosa del instinto maternal, que es una pulsión sin duda poderosa, pero el caso es que a menudo mimamos a los hombres como si fueran niños y mantenemos un cuidado exquisito para no herir su orgullo, su autoestima, su frágil vanidad. Nos parecen inmaduros, precarios, infinitamente necesitados de atención, admiración y aplauso. Hace años publiqué un microrrelato sobre el tema. Se titulaba «Un pequeño error de cálculo»:

Regresa el Cazador de su jornada de caza, magullado y exhausto, y arroja el cadáver del tigre a los pies de la Recolectora, que está sentada en la boca de la caverna separando las bayas comestibles de las venenosas. La mujer contempla cómo el hombre muestra su trofeo con ufanía pero sin perder esa vaga actitud de respeto con que siempre la trata; frente al poder de muerte del Cazador, la Recolectora posee un poder de vida que a él le sobrecoge. El rostro del Cazador está atirantado por la fatiga y orlado por una espuma de sangre seca; mirándole, la Recolectora recuerda al hijo que parió en la pasada luna, también todo él sangre y esfuerzo. Se enternece la mujer, acaricia los ásperos cabellos del hombre y decide hacerle un pequeño regalo: durante el resto del día, piensa ella, y hasta que el sol se oculte por los montes, le dejaré creer que es el amo del mundo.

Cuántas veces mentimos las mujeres a los hombres; en cuántas ocasiones fingimos saber menos de lo que sabemos, para que parezca que ellos saben más; o les decimos que les necesitamos para algo, aunque no sea cierto, sólo para hacerles sentir bien; o les adulamos descaradamente para celebrar cualquier pequeño logro. Y hasta nos resulta enternecedor constatar que, por muy exagerada que sea la lisonja, nunca se dan cuenta de que les estamos dando coba, porque en verdad necesitan oír esos halagos, como esos adolescentes que precisan de un apoyo extra para poder creer en sí mismos. Sí: son capaces de ir al frente a combatir en guerras espantosas; de arriesgar la vida subiendo al Everest; de atravesar selvas procelosas para encontrar las fuentes del Nilo; pero, en lo emocional, en lo sentimental, en la realidad de cada día, los hombres nos parecen francamente #Débiles.

La gran Alice Munro tiene un cuento, «Los muebles de la familia», en donde la protagonista, una muchacha joven, va a comer a casa de Alfrida, una tía cincuentona a la que apenas trata. Sentado a la mesa está también la pareja de su tía, Bill, quien, tras pasarse medio almuerzo sin decir nada, de pronto suelta una perorata sobre lo mucho mejores que son las verduras congeladas en comparación con las naturales. «Alfrida se inclinó hacia delante con una sonrisa. Parecía contener casi el aliento, como ante un hijo que echa a andar sin apoyo o hace su primer intento en la bicicleta», dice Munro. A continuación, la tía mira a la muchacha esperando que intervenga tras las palabras de Bill. Y la protagonista/narradora escribe:

> Si yo no decía nada no era por grosería o aburrimiento [...], sino porque no entendía la obligación de hacer preguntas, las preguntas que fuesen, para animar a un macho tímido a que conversara, sacarlo del ensimismamiento y establecerlo como hombre de cierta autoridad y por lo tanto como hombre de la casa. No entendía por qué Alfrida lo miraba con una sonrisa tan ferozmente alentadora.

Qué delicioso párrafo sobre el #Débil Bill y la protectora Alfrida (me he topado con este relato por casualidad en el libro que estoy leyendo mientras redacto este capítulo: otra #Coincidencia).

Y sí, por supuesto, claro que también hay mujeres

atroces, malas y violentas, brujas como Jeanne Langevin que no sólo no miman a sus hombres en absoluto, sino que intentan humillarlos, castrarlos, destruirlos. Hay féminas perversas de la misma manera que hay varones brutales que apalean o matan a sus esposas. Cuando hablo de nuestro instinto de protección me refiero a la generalidad; a la manera en que la mayoría de nosotras tratamos a los hombres a quienes amamos. En fin, es posible que la #Debilidad que creemos apreciar en ellos no sea más que un espejismo; puede que nos fuera a todos mucho mejor si dejáramos de sobreprotegerlos. Pero lo cierto es que también hay muchos hombres que parecen percibir esa supuesta fragilidad. Recuerdo una maravillosa serie de chistes del humorista Forges: estaban protagonizados por una pareja tierna y deliciosa, Mariano, un personaje pequeñito de grandes narizotas, gafas y dos pelos en la cocorota, y su esposa, Concha, enorme ballenato de cabello escarolado por la permanente. Dime si esto no es una perfecta representación gráfica de la #DebilidadDeLosHombres.

Marie Curie siempre fue una mujer fuerte, muy fuerte; y se diría que siempre vio a los hombres un poco como niños necesitados de comprensión y cuidados. En su diario narra una escena conmovedora sucedida en el campo, en esos últimos días que los Curie pasaron juntos y felices en Saint-Rémy:

> Las charcas estaban medio secas, y no había nenúfares, pero las aulagas habían florecido: las contemplábamos admirados. Llevábamos a Ève primero uno y luego el otro, sobre todo yo. Nos sentamos junto a una garbera, y yo me quité la enagua para que no te sentaras en el suelo sin nada, me trataste de loca y me reñiste, pero yo no te hacía caso, me daba miedo que enfermaras.

Desde luego Pierre estaba muy enfermo y Marie muy preocupada, pero, aun así, la escena muestra una deliciosa inversión de papeles, con Madame Curie siendo el gentilhombre galante que, en vez de arrojar su capa sobre un barrizal, extiende sus enaguas. Marie siempre fue todo un caballero (recordemos su dedito anular más largo).

Ève incluye dos párrafos en su libro que muestran la #Debilidad de su padre y que tienen mucho menos encanto. En el primero dice:

> A pesar de su dulzura [Pierre] era el más posesivo y celoso de los maridos. Estaba tan acostumbrado a la presencia constante de su mujer que la más pequeña desaparición de ella le impedía pensar libremente. Si Marie se entretenía un poco más junto a su hija [la bebé que estaba acostando], él la recibía a su vuelta a la sala con un reproche tan injusto como para resultar cómico: ¡Tú no piensas en nada más que en esa niña!

De cómico nada: o sea que, además de dar clases en Sèvres, trabajar en el laboratorio, hacer mermelada, encargarse de la casa y cuidar de las hijas, ¡Marie tenía que llevar a Pierre en brazos! El otro comentario es aún más inquietante:

Si Marie, por lo general muy poco habladora, se permitía a sí misma discutir apasionadamente un punto científico en una reunión de hombres de ciencia, se la podía ver enrojecer, interrumpirse turbada y volverse hacia su marido para dejarle a él la palabra; así de viva era su convicción de que la opinión de Pierre era mil veces más preciosa que la suya.

Y un cuerno: ¿Y por eso se turbaba? ¿Y por eso enrojecía? No, lo que sucedía es que de repente recordaba que estaba presente su marido, y entonces se apresuraba a darle paso para que no se sintiera herido, para que no viera peligrar su lugar de «hombre de autoridad», como diría Alice Munro. Seguro que luego lo contemplaría, mientras hablaba, con una sonrisa ferozmente alentadora.

Y si Marie protegió a Pierre, que sin duda fue el hombre más hombre que pasó por su vida, un tipo más o menos sólido, es probable que aún se sintiera más impelida a sobreproteger a individuos obviamente más #Débiles. En su juventud comprendió, perdonó y excusó durante años las dudas y flaquezas de Casimir, y ahora volvía a colocarse en el mismo lugar frente a Paul Langevin: «Tú y yo somos duras... él es débil.» Cuántas, cuantísimas veces a lo largo de la historia las mujeres han dicho o han pensado esto mismo.

Así estaban las cosas, en fin, cuando llegó 1911, el año más convulso y terrible para Madame Curie. Empezó en enero con ese error de postularse para la Academia de Ciencias. Quizá fuera, quién sabe, una forma de coquetear ante Langevin, pero se equivocó al colocarse en ese lugar de riesgo, porque, como ya hemos contado, además de no ser elegida sufrió la primera andanada de ataques sensacionalistas en la prensa. En Semana Santa, Jeanne contrató a un detective que consiguió robarle a Paul las cartas de Marie: Langevin sería un cerebro para la física y las matemáticas, pero se diría que era bastante idiota para la vida real. Son las cartas cuyo contenido antes hemos citado, un material sin duda muy íntimo que Jeanne amenazaba con publicar. Langevin, frenético, se marchó de su casa, pero volvió a las dos semanas. Es de imaginar la desesperación, el temor y el agotamiento nervioso de Marie durante estos meses.

En otoño, tanto Marie como Langevin coincidieron en Bruselas como invitados del primero de los prestigiosos Congresos Solvay, unas jornadas en las que se reunían los mejores científicos del momento a debatir y compartir sus trabajos. El congreso se celebró del 30 de octubre al 3 de noviembre y juntó a varios premios Nobel habidos y por haber, como De Broglie, Einstein, Perrin, Lorentz, Nernst, Planck y Rutherford. En total había veintiún cerebros privilegiados y Marie Curie era, por supuesto, la única mujer. Hay una foto maravillosa y conmovedora en la que se la ve muy sola y muy fuera de #Lugar entre tanto prohombre de cuello almidonado.

Mientras la mayoría de los imponentes varones miran directamente al objetivo de la cámara y a la Historia, Marie está embebida en no se sabe qué sesuda cuestión con Poincaré, que se encuentra a su izquierda. A su

derecha, también concentrado, su gran amigo Perrin. Detrás de Marie está el robusto Rutherford, uno de los pocos presentes que muestran una expresión normal y alegre. Y los dos hombres a la derecha de la foto son Paul Langevin y un jovencísimo Einstein, que conoció a Marie en ese congreso.

A Langevin se le ve bastante distraído. Se diría incluso que está tenso y pensando en otras cosas. Lo cual no me extraña, sabiendo lo que sabemos. También está colocado cerca de Marie. Me imagino lo que serían esos días del primer Solvay. ¿Se atreverían a corretear de madrugada por los pasillos del hotel? No parece muy probable dado el problemón que tenían encima, pero ya se sabe que la pasión es la pasión y que siempre ha sido origen de las mayores y más impensables locuras hasta en las personas más templadas. Además, tampoco tenían tantas oportunidades de verse con tranquilidad y a salvo de la loca de la mujer; y, por otro lado, ¿no crees que les resultaría excitante la pomposa gravedad de la reunión? ¿Ser amantes y frotarse en secreto por las noches el uno contra la otra, llegar a esas solemnísimas reuniones con la huella de los besos aún ardiendo en la piel y fingir que no pasaba nada? ¿Por eso está Marie tan aparentemente concentrada en el trabajo y en el pobre Poincaré? ¿Por eso Langevin está tan ausente?

En su riguroso libro sobre Madame Curie, Sánchez Ron explica que, en ese primer congreso (acudió a seis más), la científica se limitó a participar en los debates que seguían a las presentaciones, y reproduce algunas de sus intervenciones. Marie decía cosas como ésta:

> ¿Puede existir de una manera absoluta una ligadura rígida? No parece posible, desde el punto de vista de la teoría cinética ordinaria, admitir que, por una parte, las moléculas sean absolutamente rígidas en los gases diatómicos y que, por otra parte, esta rigidez desaparezca progresivamente cuando pasan a estados más condensados.

Y como ésta:

> Se puede entonces intentar imaginar mecanismos que permitan interrumpir esta emisión [de un elemento de energía]. Es probable entonces que estos mecanismos no sean en nuestra escala y serían comparables a los *demonios* de Maxwell: permitirían obtener desviaciones a partir de las leyes de radiación previstas para la estadística, al igual que los *demonios* de Maxwell permiten obtener desviaciones a partir de las consecuencias del principio de Carnot.

¡Guau! No entiendo nada, pero ¡cómo suena! Imagínate decir y debatir todo eso mientras tienes al lado el codo de Langevin. Hablar de la rigidez de los gases diatómicos, y no atreverte a mirar sus ojos como carbones (mejor concentrarse en el bueno de Poincaré); mencionar las desviaciones provocadas por los *demonios* e intentar no pensar y no sentir el calor que irradia el cuerpo de tu amante, tres sillas más allá. Sí, tuvo que haber cantidad de desviaciones y muchísimos demonios en ese primer Solvay.

El esplendor y la angustia de la pasión.

Inmediatamente después, todo estalló. Devastación total. Fue como una bomba de neutrones.

El 4 de noviembre, al día siguiente del cierre de Solvay, el periódico *Le Journal* sacó un reportaje titulado «Una historia de amor: Madame Curie y el profesor Langevin». Se decía que la mujer de Langevin poseía cartas que los incriminaban y que Marie era una *comehombres* que había destrozado un matrimonio con cuatro hijos. «Sabíamos de este *affaire* desde hace varios meses. Habríamos continuado manteniéndolo en secreto si el rumor no se hubiera propagado ayer, cuando los dos actores de este relato habían huido, uno abandonando su casa, su esposa y sus hijos, la otra renunciando a sus libros, su laboratorio y su gloria», añadían delirantemente. Cuando Madame Curie regresó a su casa en Sceaux (adonde se había mudado tras la muerte de Pierre), se encontró con una muchedumbre furiosa que arrojaba piedras contra las ventanas, aterrorizando a las niñas, por entonces de catorce y siete años. Marie tuvo que coger a sus hijas y salir huyendo; se refugió en casa de su amigo el matemático Émile Borel, director científico de la Escuela Normal Superior, que les dio cobijo aunque el Ministerio de Instrucción Pública amenazó con echarle si lo hacía. La gente parecía haberse vuelto loca.

En un par de días, la noticia se convirtió en un escándalo mundial. Empezaron a decirse verdaderas barbaridades sobre Marie, entre ellas que la relación con Langevin había empezado mientras Pierre vivía y que por eso el marido se había suicidado arrojándose bajo las ruedas del carro. *L'Intransigeant* publicó que la capacidad científica de Marie había sido sobrevalorada y que con quien había que simpatizar era con «la madre francesa, que […] sólo quería cuidar a sus hijos. Es con esta madre, no con la mujer extranjera, con la que el público simpatiza […]. Esta madre quiere a sus niños. Tiene argumentos. Tiene apoyo. Tiene, por encima de todo, la eterna fuerza de la verdad de su lado. Ella triunfará». Emergió como un torrente ese rasgo tan terrible de cierta parte de la sociedad francesa, el chauvinismo, el antisemitismo, el odio y desprecio al diferente. Como escribió Ève con amargura, «la tacharon sucesivamente de rusa, de alemana, de judía, de polaca; era la *mujer extranjera* que había llegado a París como una usurpadora a conquistar una elevada posición de una manera impropia. Pero cada vez que Marie Curie fue aclamada por su talento en otros países, cuando le dedicaban elogios nunca escuchados antes, entonces inmediatamente se convertía, en los mismos periódicos y con la firma de los mismos periodistas, en la *embajadora de Francia*, en la *pura representación del genio de nuestra raza* y en una *gloria nacional*».

Marie, aterrada ante la posibilidad de que las cartas fueran publicadas, sacó un comunicado en *Le Temps*: «Considero que todas las intrusiones de la prensa y del público en mi vida privada son abominables… De ahí que piense emprender rigurosas acciones judiciales contra toda publicación de escritos que me sean atribuidos.» Añadía que sostener que Langevin y ella habían desaparecido era una «loca extravagancia», ya que toda la comunidad científica sabía que habían participado en un congreso en Bruselas. Y acababa diciendo con valerosa dignidad: «No hay nada en mis actos que me obligue a sentirme disminuida. No añadiré nada más.»

Para aumentar el increíble caos de esos días, resulta que, en la misma semana en que salió la noticia en *Le Journal*, Marie recibió un telegrama en el que se le comunicaba que le habían concedido el Premio Nobel de Química. Nadie hizo caso del galardón en medio del escándalo. Muchos antiguos amigos y colegas científicos se habían puesto contra ella. Paul Appell, decano de ciencias de la Sorbona, intentó que un grupo de profesores de la universidad exigieran a Madame Curie que abandonara Francia. Al final desistió en su propósito porque su hija Marguerite, esposa de Émile Borel, le amenazó con no volver a verle si seguía adelante. Marie también tuvo apoyos, por supuesto: de Perrin; de Jacques Curie, el hermano de Pierre; de André Debierne y los Borel... Recibió una afectuosa carta de Einstein: «Siento la necesidad de decirle lo mucho que admiro su espíritu, su energía y su honradez. Me considero afortunado por haberla podido conocer personalmente en Bruselas. Siempre agradeceré que tengamos entre nosotros a gente como usted y como Langevin, genuinos seres humanos, de cuya compañía uno puede congratularse. Si la chusma sigue ocupándose de usted, deje sencillamente de leer esas tonterías. Que se queden para las víboras para las que han sido fabricadas.» Los consejos del joven físico eran fáciles de decir pero muy difíciles de seguir; sobre todo cuando el 23 de noviembre se publicaron amplios extractos de las cartas en el diario *L'œuvre*, con el título de «Los escándalos de la Sorbona».

Lo más interesante y más desesperante es comprobar cómo la *mala* de la historia era Marie; nadie le pedía a Langevin que abandonara la universidad, aunque en realidad el adúltero era él. En *L'Action Française* escribieron: «Esta mujer extranjera pretende hablar en nombre de la razón, en nombre de una Vida moralmente superior, de un Ideal trascendente bajo el cual se oculta su monstruoso egoísmo. En nombre de lo anterior, dispone a su antojo de esa pobre gente: del marido, de la esposa y de los niños...» ¡O sea que Paul Langevin no era más que un pobre hombre engañado por una arpía! Un periodista llamado Gustave Téry escribió que Langevin era un palurdo y un cobarde y Paul le retó en duelo. Fue un desafío absurdo: Téry no levantó la pistola porque dijo que no podía matar a un científico tan valioso, y Langevin bajó su arma sin disparar porque «hubiera sido un asesinato». Hubo otros cuatro duelos más motivados por el escándalo, ninguno con consecuencias fatales. El caso se estaba convirtiendo en una especie de ópera bufa.

Entonces Marie recibió un escrito de los Nobel en el que se le pedía que no fuera a Suecia a recoger su premio. Era un texto brutal que mencionaba las cartas de amor publicadas y «el ridículo duelo de Langevin», y añadían: «Si la Academia hubiera creído que las cartas [...] podían ser auténticas, es muy probable que no le hubiera concedido el premio.» La respuesta de Marie, en esos momentos tan terriblemente duros, fue grandiosa: «La acción que usted me recomienda me parece que sería un grave error por mi parte. En realidad el premio ha sido concedido por el descubrimiento del radio y el polonio. Creo que no hay ninguna conexión entre mi trabajo científico y los hechos de la vida privada… No puedo aceptar, por principios, la idea de que la apreciación del valor del trabajo científico pueda estar influida por el libelo y la calumnia acerca de mi vida privada. Estoy convencida de que mucha gente comparte esta misma opinión. Me entristece profundamente que no se cuente usted entre ellos.» ¡Guau! Me siento tentada de levantarme de la silla y ponerme a aplaudir. Qué dignidad y qué temple. Naturalmente, fue a recoger su Nobel. Y esta vez fue ella quien hizo el discurso de aceptación. Dijo que el galardón era un homenaje a la memoria de Pierre Curie.

Y después de esa gesta increíble, de haber arrostrado de pie y con la cabeza alta el linchamiento público durante semanas, de haber peleado por el Nobel, de haber ido a recogerlo, Marie Curie se rompió. Estaba destrozada. Piensa en su carácter orgulloso y obsesivo, y en la cruel tortura que el bochornoso escándalo debió de suponer para un temperamento así. Piensa, también, en el desgarro de su corazón enamorado, que veía destruida la relación con Paul. Y piensa en su estado físico, ya considerablemente maltratado por las radiaciones. Cayó en una profunda depresión, la peor, la más negra de su vida. «Marie fue empujada al borde del suicidio y de la locura», escribe Ève. La internaron en un hospital con una crisis renal y, un par de meses después, fue operada de un riñón. Pero lo peor era que Madame Curie no quería vivir. Se negaba a comer y adelgazó nueve kilos, llegando a pesar cuarenta y seis (y era una mujer alta). Trasladó a sus hijas a una nueva casa en el centro de París, porque Sceaux estaba permanentemente cercado por mirones, y las dejó allí a cargo de una institutriz. Después desapareció. Durante casi un año, Marie no trabajó ni vio a sus hijas. Anduvo refugiada por diversos sitios, en balnearios, en casas de campo alquiladas. Se registraba con nombres falsos. 1912 fue un año quemado, desesperado. El año de la devastación. Luego, su increíble valor y su entereza consiguieron ponerla nuevamente en pie. En 1913 ya estaba otra vez trabajando en su laboratorio, pero de alguna manera nunca volvió a ser la misma. Creo que decidió envejecer. Fue en ese 1913 cuando Einstein dijo que le parecía «fría como un pez». Él no sabía que sólo estaba viendo la capa endurecida por la intemperie de un interior de lava.

En cuanto a Langevin, por fin firmó un acuerdo de separación con su mujer y quedó libre (aunque Marie ya no estaba en el horizonte: recuperaron la amistad, pero nunca el amor). Sin embargo, rizando el rizo de la vulgaridad y del ridículo, tres años después el matrimonio se volvió a reconciliar, y Paul, claro está, se echó otra amante. Convenientemente anónima esta vez. No se puede decir que la vida sentimental de Langevin fuera lo que se dice admirable: qué perfecta muestra de #Debilidad. Pero espera, que aún hay más. Varios años después tuvo una hija ilegítima con una de sus antiguas estudiantes (todo muy tópico) y le pidió a Madame Curie que le diera a la chica un trabajo en su laboratorio. Y, ¿sabes qué? Marie se lo dio.

UNAS VIEJAS ALAS QUE SE DESHACEN

«Morir es parte de la vida, no de la muerte: hay que vivir la muerte», dice con deslumbrante sencillez la doctora Iona Heath. Los humanos no sabemos qué hacer con la muerte. Grande impensable inmanejable cruel horrible. Así que, como no sabemos qué hacer, hemos fabricado túmulos, dólmenes, necrópolis megalíticas, mastabas, pirámides, sarcófagos, panteones, tumbas colectivas, tumbas individuales, sepulcros, monumentos memoriales, lápidas, criptas, nichos, osarios, solemnes cementerios. El tiempo, el dinero, el esfuerzo y espacio invertidos en construir para los muertos hubieran podido mejorar bastante la vida de los vivos. Aunque, si se piensa bien, ¿qué más da? Esos vivos no eran más que proyectos de cadáveres.

Pero ni siquiera la pirámide más monumental es suficiente para defendernos de la muerte, así que además nos hemos rodeado de ritos. Qué importantes son esos ritos para los vivos. Acuérdate de Aquiles mancillando el cadáver de Héctor: es el núcleo de la tragedia, la mayor atrocidad que relata la *Ilíada*. Y eso que es una obra que está llena de espantos: raptos, violaciones, masacres, traiciones. Pero nada tan horrible como profanar el cadáver de tu enemigo; porque si no eres capaz de comprender, de reconocer y respetar el dolor de sus deudos, es que tampoco puedes reconocer tu propia humanidad ni respetarte a ti mismo. La pena es pura y es sagrada, le dijo una nonagenaria al escritor Paul Theroux, y es una frase que se me ha quedado grabada a fuego en la memoria. Cierto; la pena es pura y sagrada, y hasta en la muerte puede haber belleza, si sabemos vivirla.

Ya he citado a Thomas Lynch, ese curioso escritor norteamericano que además dirige una funeraria en un pueblo pequeño: «Todos los años entierro a unos doscientos vecinos.» Un inquietante oficio. En su libro *El enterrador* hay una página maravillosa que viene a ser la antítesis de la ira de Aquiles. Una niña había sido asesinada por un tipo psíquicamente desequilibrado; sucedió el día en que se iba a hacer la fotografía anual de la escuela, así que la niña había salido de casa vestida de punta en blanco. Nunca llegó al colegio; la encontraron veinticuatro horas más tarde; había sido violada, estrangulada, apuñalada y luego le habían machacado la cabeza con un bate de beisbol. Y entonces la niña, o lo que quedaba de ella, llegó a la funeraria. «Un hombre con quien trabajo llamado Wesley Rice pasó un día y una noche enteros reconstruyendo cuidadosamente el cráneo —dice Lynch—. La mayoría de los embalsamadores, enfrentados a lo mismo que Wesley Rice cuando abrió la bolsa de la morgue, simplemente habrían dicho: *ataúd cerrado*, habrían tratado los restos apenas lo suficiente como para controlar el olor, habrían cerrado la bolsa y se habrían ido a casa a tomar un cóctel. Mucho más fácil. El pago es el mismo. Pero, en vez de eso, Wesley Rice comenzó a trabajar. Dieciocho horas después, la madre de la niña, que había rogado verla, la vio. Estaba muerta, de eso no había duda, y deteriorada; pero su rostro era otra vez el suyo, no la versión del loco [...]; Wesley Rice no la levantó de entre los muertos ni escondió la dura realidad, pero la rescató de la muerte del que la asesinó. Le cerró los ojos y la boca. Le lavó las heridas, suturó las laceraciones, reconstruyó el cráneo golpeado [...], la vistió con jeans y suéter azul de cuello alto y la puso en un ataúd junto al cual sollozó su madre durante dos días [...]. El funeral de la niña fue lo que los que trabajamos en las funerarias llamamos un buen funeral. Sirvió a los vivos cuidando de los muertos.»

Hay belleza, ¿no?

Una belleza trémula, como una vieja mariposa batiendo lentamente unas alas que se deshacen.

Sin embargo, creo que cada vez estamos más lejos de todo eso. Más lejos de la pureza de la pena. Iona Heath cita en su libro un trabajo de un tal Ricks. Al parecer, se hizo un estudio sobre la atención a pacientes con demencia avanzada en un hospital de agudos de Estados Unidos; el cincuenta y cinco por ciento de ellos murieron con los tubos de alimentación forzada todavía puestos. Ricks concluye: «En Estados Unidos hoy es casi imposible morir con dignidad a menos que se trate de una persona pobre.» Manejar la muerte nunca ha sido fácil, pero se diría que ahora lo estamos haciendo aún más complicado. Escondemos los cadáveres, la gente agoniza en la frialdad de los hospitales, hemos abandonado los ritos. Sin embargo, a veces algo tan tradicional como un velatorio, por ejemplo, puede proporcionar alivio. Cuenta Marie en su diario:

Tu ataúd se cierra tras un último beso, y no te vuelvo a ver. No permito que lo recubran con el horrible paño negro. Lo cubro de flores y me siento al lado. Hasta que se lo llevaron, apenas me moví [...]. Estaba sola con tu ataúd y puse mi cabeza en él, apoyando la frente. Y a pesar de la inmensa angustia que sentía, te hablaba. Te dije que te amaba y que te había amado siempre con todo mi corazón. Te dije que tú lo sabías [...] y que te había ofrecido mi vida entera; te prometí que jamás daría a ningún otro el lugar que tú habías ocupado en mi vida y que trataría de vivir como tú habrías querido que lo hiciera. Y me pareció que de ese contacto frío de mi frente con el ataúd me llegaba algo parecido a la serenidad y la intuición de que volvería a encontrar el ánimo de vivir.

Sí, hay que hacer algo con la muerte. Hay que hacer algo con los muertos. Hay que ponerles flores. Y hablarles. Y decir que les amas y siempre les has amado. Mejor decírselo en vivo; pero, si no, también puedes decírselo después. Puedes gritarlo al mundo. Puedes escribirlo en un libro como éste. Pablo, qué pena que olvidé que podías morirte, que podía perderte. Si hubiera sido consciente, te habría querido no más, pero mejor. Te habría dicho muchas más veces que te amaba. Habría discutido menos por tonterías. Me habría reído más. Y hasta me habría esforzado por aprenderme el nombre de todos los árboles y por reconocer todas las hojitas. Ya está. Ya lo he hecho. Ya lo he dicho. En efecto, consuela.

Consoló a Marie. Le hizo intuir que volvería a disfrutar de la vida. Y es verdad: vuelves a disfrutar. Pero, por otro lado, es raro esto del duelo. Sobre todo, supongo, en los duelos extemporáneos, en las muertes que no hubieran debido suceder todavía. Y es raro porque, aunque pase el tiempo, el dolor de la pérdida, cuando se pone a doler, te sigue pareciendo igual de intenso. Por supuesto que cada vez estás mejor, mucho mejor: se te dispara el dolor con menos frecuencia y puedes recordar a tu muerto sin sufrir. Pero cuando la pena surge, y no sabes muy bien por qué lo hace, es la misma laceración, la misma brasa. A mí me ocurre, al menos, y ya han pasado tres años. Tal vez con más tiempo se amortigüe el mordisco; o tal vez no. Esto es algo de lo que nadie habla; quizá sea uno de esos secretos que todos comparten, como lo de la #DebilidadDe-LosHombres. Quizá los deudos nos sintamos raros y muy malos deudos por seguir sintiendo la misma agudeza de dolor después de tanto tiempo. Quizá nos avergüence y pensemos que no hemos sabido «recuperarnos». Pero ya digo que la recuperación no existe: no es posible volver a ser quien eras. Existe la reinvención, y no es mala cosa. Con suerte, puede que consigas reinventarte mejor que antes. A fin de cuentas, ahora sabes más.

Hace unos meses falleció mi suegra, a los noventa y un años. Con admirable #Coincidencia, lo hizo el 3 de mayo, justo la misma fecha en que había muerto su hijo tres años antes. Mis cuñados me avisaron de su estado terminal y me acerqué a la casa la noche anterior. Estuve un rato con algunos de ellos, con Tomás, con Pedro, con María. Conversamos y reímos en la sala, mientras mi suegra, María Jesús, agonizaba en el dormitorio, muy débil, medicada, sin sufrir. La televisión estaba puesta pero sin sonido; pasaban imágenes de no sé qué triunfo del Real Madrid. Pensé: lo que le hubiera gustado a Pablo (era madridista). También pensé, o más bien sentí, todo lo que habíamos vivido en esa habitación en el último cuarto de siglo. Mi primera visita a esa casa, cuando conocí a sus padres. Y las comidas de Navidad. Miré los objetos decorativos, las cerámicas de la estantería. Todos esos cacharros tenían una historia y significaban algo para María Jesús, y ahora iban a perder, ellos también, su lugar en la Tierra. Cuando morimos nos llevamos un pedazo del mundo. Qué inmensa calma había esa noche de principios de mayo; qué paz entre nosotros, entre Tomás, Pedro, María. La muerte ya estaba en el piso, ya estaba dando vueltas por la casa, y todos nos encontrábamos instalados en ese tiempo lento, perezoso, en el tiempo meloso de la espera del fallecimiento de alguien querido. Ya todo estaba hecho, ya todo estaba dicho, sólo quedaba por vivir el tictac inaudible de los instantes finales, el batir de las alas de la mariposa. A veces la proximidad con la muerte te llena de una extraña, casi visionaria serenidad.

Déjame que te cuente cuál ha sido uno de los momentos más bellos de mi vida. Como buen guerrero estoico y reservado, Pablo temía ser compadecido y prefirió aislarse. Quiero decir que, durante los diez meses de la enfermedad, estuvimos los dos prácticamente solos. Hasta que, en los días finales, Pablo perdió la conciencia; y entonces, cuando la presencia de la gente ya no podía molestarle, entraron en tromba en casa nuestros amigos, entraron como el agua de una presa que revienta, irrumpieron empujados por toda la angustia que habían sentido al ser mantenidos lejos durante tanto tiempo; y ocuparon nuestro hogar, vivaquearon en nuestra sala, durmieron en los sofás, hicieron turnos, prepararon comidas, agitaron medicinas, fueron al mercado y a la farmacia; y todo eso lo hicieron para cuidarle, para cuidarme, para rodearnos con su cariño; y se quedaron en la casa y ya no se marcharon hasta que Pablo falleció, un ejército de amigos en pie de guerra que lograron que esa asquerosa muerte tuviera también una parte indeciblemente hermosa.

LA ÚLTIMA VEZ QUE UNO SUBE A UNA MONTAÑA

Soy una gran aficionada a las biografías: son cartas de navegación de la existencia que nos avisan de los escollos y de los bajíos que nos esperan. He leído cientos de ellas, y hay algo que siempre se repite y que me resulta bastante desolador. Resulta que el periodo de la infancia de los biografiados suele ocupar un amplio espacio; luego vienen la juventud y la madurez, que, naturalmente, abarcan montones y montones de hojas. Pero llega un momento del relato de sus vidas en donde, de repente, todo parece vaciarse o acelerarse o comprimirse. Quiero decir que, salvo que mueran jóvenes, cuando se alcanza la vejez se diría que lo que les sucede interesa muy poco. Esta ausencia de contenido resulta especialmente dramática si el personaje ha tenido la suerte de vivir mucho. Entonces puedes estar leyendo una biografía de esas gruesas y minuciosas, pongamos de seiscientas páginas, y a lo mejor los treinta últimos años de la vida de una mujer que llegó a nonagenaria resulta que se despachan en menos de veinte hojas. A veces me pregunto si yo ya habré alcanzado ese punto en que la existencia se convierte en un tobogán vertiginoso. Si habré empezado ya a caer a toda prisa en ese tiempo deshilachado y aparentemente insustancial del que los biógrafos no encuentran nada relevante que contar. Yo no lo siento así, pero quizá uno sea el último en enterarse.

Y sí, claro, desde luego, ya sé que hay excepciones. Hay personas que, a edades muy avanzadas, hacen cosas increíbles. Como una de mis heroínas preferidas, Minna Keal. Minna nació en Londres en 1909, hija de emigrantes judíos rusos. Le encantaba la música y empezó a estudiar en la Real Academia, pero su padre murió y tuvo que abandonar la carrera a los diecinueve años para ponerse a trabajar. En 1939 entró en el partido comunista y en 1957 se salió tras la invasión de Hungría; se casó dos veces, tuvo un hijo. Durante la guerra, montó una organización para sacar niños judíos de Alemania. La mayor parte de su vida trabajó de secretaria en diversos y aburridos empleos administrativos; a los sesenta años se jubiló y decidió retomar las clases de música y después estudiar composición. Su primera sinfonía fue estrenada en 1989 en los BBC Proms, unos prestigiosos conciertos anuales que se celebran en el Royal Albert Hall de Londres. Fue un clamoroso éxito. Minna Keal tenía ochenta años. A partir de entonces, y hasta su muerte, sucedida una década después, Minna se dedicó intensamente a la música y se convirtió en una de las más notables compositoras contemporáneas europeas. «Creí que estaba llegando al final de mi vida, pero ahora siento como si estuviera empezando. Es como si estuviera viviendo mi vida al revés», dijo tras estrenar en los Proms.

Minna es una vieja espectacular y entran ganas de vivir de sólo ver su sonrisa feliz y sus cabellos blancos alborotados por el viento. Pero es un caso absolutamente excepcional. Por lo general en la mayor parte de las

biografías hay ese silencio, ese vacío. Como si uno se ausentara de su propia vida.

Marie Curie murió todavía joven (a los sesenta y siete años) y se mantuvo activa hasta el final, así que los biógrafos tienen bastantes cosas que decir sobre ella. Pero, ¿sabes qué? Lo que cuentan no es demasiado excitante, o al menos a mí no me lo parece, sobre todo en comparación con lo anterior, con la intensidad de su vida morrocotuda. Bueno, miento: queda por explicar algo genial, y es su participación en la Primera Guerra Mundial, que además demuestra la generosidad de Madame Curie. Verdaderamente esta mujer es tan inmensa en todo, tan excepcional, que una corre el riesgo de caer en la hagiografía y convertirla en una heroína de cartón piedra. Menos mal que de cuando en cuando encontré algún detallito miserable con el que la pude humanizar, porque no existe una sola vida sin su cuota de mugre, aunque sea en proporciones pequeñas.

En cuanto a la guerra, ya sabes que Marie Curie siempre fue una persona socialmente comprometida. Recuerda que había trabajado con la resistencia polaca y que consideraba sus descubrimientos científicos como una manera de ayudar a la Humanidad. Además era una mujer de acción, una persistente luchadora incapaz de quedarse quieta ante una situación de necesidad. Con ese perfil, resulta lógico que al estallar el conflicto bélico se sintiera impelida a ayudar de algún modo. Lo primero en lo que pensó fue en que tenía que poner a salvo la valiosísima reserva de radio de Francia para que no cayera en manos de los alemanes. Así que el 3 de septiembre de 1914 se llevó ella sola el radio en tren de París a Burdeos, que era la ciudad adonde se había trasladado el Gobierno francés. La valija debía de pesar veinte o treinta kilos, porque los tubos con bromuro de radio estaban recubiertos de plomo; me pregunto cómo consiguió acarrearla. Esa protección era de todos modos muy deficiente, así que Marie recibió otra importante dosis de radiactividad durante las veinticuatro horas que anduvo con la maleta (durmió con ella a los pies de la cama). Dejó su tesoro en la Universidad de Burdeos y regresó en el primer tren a París. Tenía cuarenta y siete años y se la veía terriblemente avejentada por la constante exposición al radio. Y no se trataba sólo de su aspecto: estaba débil y se fatigaba con facilidad. Pese a ello, logró hacer ese tremendo viaje entre caóticas multitudes que huían de la guerra y sin probar bocado durante día y medio. Su sobrehumana voluntad conseguía milagros.

Ahora me pregunto cómo llevaría Marie la enfermedad. El decaimiento físico, la rápida decrepitud de su cuerpo. Ella, que había sido esa polaca robusta y fortísima que lo aguantaba todo. Esa mujer deportista capaz de pasarse un mes pedaleando por las montañas de Francia. ¿Cuándo sería la última vez que se subió a una bicicleta? Sé que, ya viuda, seguía saliendo en bici junto con sus hijas. Ève habla en su libro de lo mucho que le gustaba a Marie el ejercicio físico y dice que se enorgullecía de estar delgada y ágil; ya cumplidos los cincuenta, aprendió a patinar, a esquiar, a nadar. Se compró una casa en la costa de Bretaña y los meses de veraneo que pasó allí durante su última década fueron, según Ève, tiempos felices, con Marie nadando mañana y tarde en el mar a pesar de todos sus achaques y de su casi ceguera (con la última de sus cuatro operaciones de cataratas parece ser que mejoró bastante). Creo que Madame Curie había hecho del ejercicio físico no sólo una pasión sino también una obsesión y una especie de talismán contra la muerte. Apenas dos meses antes de fallecer se fue a patinar y acompañó a su hija a una estación de esquí, aunque dudo que ella misma esquiara. Luchó como una leona contra la degradación física, pero el cuerpo nos traiciona inevitablemente; vamos perdiendo facultades y la vida nos empuja sin que nos demos cuenta hacia las vías muertas. La última vez que uno sube a una montaña. La última vez que bucea. La última vez que juega un partido de fútbol con los amigos. Por lo general, uno no sabe que es la última vez mientras lo hace. Es el tiempo el que se encarga de despedirnos retrospectivamente de nuestras posibilidades. La última vez que uno hace el amor. Uf. A sus cuarenta y siete años y en aquel tren a Burdeos con una maleta radiactiva, supongo que Marie Curie ya se había despedido para siempre del sexo. Una pérdida que debió de serle muy dolorosa.

Qué difícil es siempre la relación con nuestro organismo. Somos nuestro cuerpo, pero no podemos evitar la sensación de ajenidad, de extrañeza, de rehenes de la carne. En algunos casos patológicos, como cuentan los neurólogos Oliver Sacks o Ramachandran en sus fascinantes libros, las personas no son capaces de reconocer sus brazos, sus piernas, su rostro. Y llegan a mutilarse. Pero no hace falta estar enfermo para sentir esa lejanía con lo físico: de ahí que el ser humano haya inventado el alma. La idea de que somos espíritus atrapados dentro de una envoltura carnal es tan poderosa, tan persuasiva, que tiendes a pensar así aunque no seas creyente. Llevamos milenios de antagonismo entre lo que entendemos por alma y esa supuesta envoltura física. Milenios de autocastigos y disciplinas, de cilicios y flagelaciones, de ayunos y bulimias y anorexias, de intervenciones estéticas salvajes, desde los pies deformados de las chinas a las brutales cirugías de Michael Jackson. Y te diré que entiendo el atractivo de algunas de esas intervenciones. Por ejemplo, el placer que producen los tatuajes: son adictivos. Yo me tatué una salamandra en un brazo hace doce años, y tuve que contenerme para no ir corriendo al día siguiente a hacerme algo más. Y es que se experimenta una sensación maravillosa, un alivio y una plenitud irracionales, como si con ese garabato de tinta bajo la piel hubiéramos conseguido vencer por una vez al gran enemigo, humillar a ese cuerpo tirano que nos humilla, un cuerpo que no hemos escogido y con el que tenemos que pechar toda la vida, el cuerpo que nos enferma y que acaba por matarnos, ese maldito cuerpo traidor que de repente se queda cojo, y se terminaron para siempre las montañas; o que hace crecer insidiosamente, en el laborioso silencio de las células, un tumor maligno que te va a torturar antes de asesinarte; o que resbala y se rompe tan fácilmente, como una sandía que revienta, cuando un carro te embiste. Por lo menos, cuerpo miserable, te he marcado con una salamandra que es sólo hija de mi voluntad, y vas a tener que aguantarla hasta que te pudras.

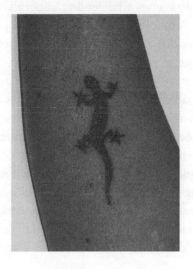

Cuando regresó a París, Marie empezó a ver los primeros heridos, jóvenes soldados bárbaramente mutilados en los quirófanos de campaña, y su poderosa cabeza, que era tan práctica como genial, enseguida comprendió el papel decisivo que podrían tener los rayos X si conseguía llevarlos al frente, porque permitirían calibrar las fracturas y encontrar y extraer la metralla minimizando la violencia quirúrgica. En un tiempo récord, Madame Curie convenció de su proyecto a las autoridades, se apropió de los aparatos de rayos X que había en las universidades o en las consultas de los médicos movilizados, consiguió que le cedieran suficientes vehículos de motor en los que instalar los equipos y creó las «unidades móviles», que enseguida empezaron a ser denominadas popularmente «las pequeñas Curie». Instruyeron a toda prisa técnicos y enfermeras que supieran manejar el material, y la misma Marie aprendió a conducir y estuvo llevando coches y haciendo radiografías junto a las trincheras. Pero quien más trabajó en el proyecto fue Irène, su hija, que al comienzo de la guerra tenía diecisiete años y que se pasó la contienda realizando una extenuante y maravillosa labor con «las pequeñas Curie». De hecho, probablemente fueron las tremendas dosis de radiación que recibió Irène en esa época lo que acabaría matándola de leucemia a los cincuenta y nueve años. En total, se hicieron más de un millón de exploraciones con rayos X: el plan fue un verdadero éxito. Un efecto secundario del ingenioso esfuerzo de Marie fue que Francia le *perdonó* el adulterio. Ya no era judía ni extranjera y volvía a ser amada y respetable. Pelillos a la mar. El abrasador viento de la guerra se llevó muchas cosas.

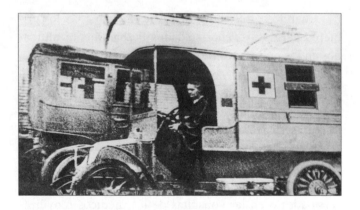

El compromiso humanista de Marie y de Pierre ya se había manifestado muchos años atrás, cuando decidieron no patentar su método de extraer el radio. Dice Marie en sus escritos biográficos:

> Pierre Curie adoptó una actitud extraordinariamente desinteresada y liberal. De mutuo acuerdo, renunciamos a cualquier provecho material de nuestro descubrimiento, de ahí que no patentáramos nada y que publicáramos, sin reservas, todos los resultados de nuestras investigaciones, así como el procedimiento para preparar el radio.

Me divierte la manera en que Madame Curie da un pequeño rodeo para elogiarse a sí misma (si la actitud de Pierre era «extraordinariamente desinteresada y liberal» y ella estaba de acuerdo, ella también era extraordinariamente etcétera), pero hay que decir que no sólo no patentaron su método, sino que además ofrecieron muestras gratis de su preciosísimo y carísimo radio a otros científicos que estaban haciendo investigaciones en el mismo campo y que, en definitiva, eran sus competidores, como Rutherford. Sarah Dry afirma admirativamente que la decisión de no patentar era entonces «tan inusual como lo sería ahora», pero Barbara Goldsmith no lo ve tan claro; en primer lugar dice que no hubiera servido de mucho patentar el método de obtención, porque había varias formas de extraer el radio (de hecho, la misma Marie fue cambiando sus procedimientos). Y además señala que, por entonces, existía entre los científicos la extendida creencia de que no era honorable lucrarse con los descubrimientos; Röntgen, el *padre* de los rayos X, donó el dinero de su premio Nobel a sociedades benéficas y murió casi en la indigencia, por ejemplo. Con todo, hay que decir que Marie, ya viuda, tomó otra decisión que a mí me parece aún más generosa: donó al laboratorio el gramo de radio que ella y Pierre habían conseguido con arduo trabajo y sin ninguna ayuda y que valía la suma exorbitante de un millón de francos de oro.

Parece evidente que, si a los Curie les importaba el dinero, era sobre todo para poder seguir investigando: Marie era tan austera y enemiga de las pompas del mundo como una monja misionera. Y, sin embargo, los Curie tuvieron que transar con el diablo, como todos. Establecieron con habilidad diversos tratos comerciales con la industria, y algunos de ellos tuvieron sus costes. Por ejemplo, Pierre modificó los instrumentos que había inventado e hizo versiones peores, menos precisas, porque así se transportaban mejor y eran más fáciles de vender. Nada de escándalos fariseos, por favor: en este mundo complejo y contradictorio todos tenemos algunas muescas en la culata de la conciencia de las que sentirnos algo avergonzados. ¿No has adulado nunca a un cliente importante o a un jefe? ¿No has sido nunca mezquino con algún competidor en el trabajo? ¿No has aguantado nunca un maltrato laboral humillante que no hubieras debido soportar, y no porque necesitaras el empleo de manera acuciante, sino por medrar? Estoy pensando en esa obra maestra del cine que es *El apartamento* de Billy Wilder; y en cómo el personaje protagonizado por Jack Lemmon presta su pisito a los directivos de la firma para que se acuesten con sus queridas. Es un pobre tipo, un hombre bueno y #Débil, pero es el mamporrero de la empresa. Pierre Curie explicó lúcidamente ese dilema entre la pureza y el acomodo con su formidable y limpia lógica:

Debemos ganarnos la vida y esto nos obliga a convertirnos en un engranaje de la máquina. Lo más doloroso son las concesiones que nos vemos forzados a hacer a los prejuicios de la sociedad en la que vivimos. Debemos hacer más o menos concesiones dependiendo de que nos sintamos más débiles o más fuertes. Si uno no hace suficientes concesiones, lo aplastan; si hace demasiadas, es innoble y se desprecia a sí mismo.

No creo que se pueda expresar mejor. La vida mancha.

Lo que queda por contar de la biografía de Marie es mucho menos excitante, y eso que no paró. Viajó a Estados Unidos y a muchos otros países, entre ellos España, dio conferencias, participó en los sucesivos Congresos Solvay, recaudó grandes cantidades de dinero para comprar más radio y dirigió el flamante Instituto Curie. En el Instituto, codo con codo con Marie, trabajaba Irène, la brillante Irène, la obediente Irène, la sucesora de Pierre. La que nunca se pintaba ni arreglaba y parecía un granadero, según Einstein. De pronto, Irène, que tenía veintiocho años, dijo que se iba a casar. A su madre casi le dio un soponcio. El elegido era un estudiante tres años más joven, Frédéric Joliot, guapo y donjuán. Marie sospechaba que Frédéric sólo buscaba aprovecharse, lo que deja entrever que no pensaba gran cosa de los encantos de su hija (ésta es una de esas pequeñas mezquindades que humanizan a Madame Curie). Intentó convencer a Irène de que no se casara y hasta consultó a un abogado para arreglar las cosas de tal modo que su hija fuera la única que pudiera heredar el control del radio. Afortunadamente, Joliot *salió* bien. Sacó la licenciatura, luego el doctorado y demostró ser un científico excelente, lo cual acabó conquistando a Marie. Por cierto que Irène y Frédéric tuvieron una hija, Hélène, que se casó con un nieto de Langevin: qué #Coincidencia.

Marie no vivió para asistir a esa boda, naturalmente. Tampoco para ver el Nobel de Química que consiguieron Irène y Frédéric en 1935 por descubrir la radiactividad artificial, aunque debió de imaginarse que lo ganarían, porque, unos meses antes de morir, su hija y su yerno repitieron delante de ella el experimento con el que acababan de lograr el descubrimiento, y Marie sabía muy bien lo que eso significaba: «Nunca podré olvidar su expresión de intensa alegría», escribió Joliot años después. Para entonces Madame Curie estaba físicamente devastada. Una foto de 1931, a los sesenta y cuatro años de edad, la muestra como una anciana marchita. Ese cuerpo traidor; pero, también, ese pobre cuerpo maltratado y sometido a una radiactividad brutal durante tantos años. Al final, ¿quién termina siendo el rehén de quién?

En mayo de 1934 su precaria salud entró en barrena. Los médicos dudaban: ¿será gripe, bronquitis? La mandaron a un hospital de tuberculosos porque pensaron que tenía tocado un pulmón. Murió el 4 de julio y éste fue el diagnóstico final: «Anemia aplásica perniciosa con rápido desarrollo febril. La médula ósea no reaccionó, probablemente porque había sido dañada por una larga acumulación de radiaciones.» Por fin el esplendoroso radio fue acusado en un documento oficial de ser el asesino de Madame Curie. Y con esta sencillez acabó todo. Salvo en las óperas y los melodramas, la muerte es un anticlímax.

... ...
... ...
... ...
... ...

ESCONDIDO EN EL CENTRO DEL SILENCIO

Tengo la costumbre de dar a leer el manuscrito de mis libros a unos pocos amigos para que lo critiquen, y así poder tener en cuenta sus opiniones antes de la última revisión del texto. Es un ejercicio muy recomendable: una está tan absolutamente sumergida en la obra que escribe que necesita esas miradas exteriores para poder ganar cierta perspectiva. Uno de esos amigos, el escritor Alejandro Gándara, me dijo: «En el libro están Marie y Pierre, y por otro lado estás tú. Pero Pablo no está. Hay un desequilibrio.»

Bueno, sí, creo que entiendo a qué se refiere y supongo que tiene razón. Pero siempre es tan difícil escribir directamente sobre lo más íntimo. O al menos para mí lo es. No me gusta la narrativa autobiográfica, es decir, no me gusta practicarla. Leerla es otra cosa: hay autores inmensos que, partiendo de su propia vida, son capaces de crear obras maestras, como Proust y su *En busca del tiempo perdido* o Conrad y *El corazón de las tinieblas*. Pero yo siempre he necesitado utilizar la intermediación del cuento para poder expresar mis alegrías y mis penas. Los personajes de ficción son las marionetas del inconsciente.

La conexión entre la realidad biográfica y la ficción es un territorio ambiguo y pantanoso en donde se han hundido no pocos autores. Por mencionar a uno: Truman Capote, que, pretendiendo convertirse en el Marcel Proust americano, publicó en una revista los tres primeros capítulos de su supuesta magna obra, *Plegarias atendidas*, y con ello provocó que rompieran con él todas sus amigas de la alta sociedad, que se vieron retratadas y traicionadas hasta tal punto que una de ellas, Anne Woodward, se suicidó. El caso es que Capote se convirtió en un apestado, nunca terminó *Plegarias atendidas* y se entregó sin freno al alcohol y las drogas, un régimen de vida que le condujo en un periquete a la muerte. O sea que no manejar bien el equilibrio entre lo ficticio y lo real puede tener consecuencias devastadoras.

No es fácil saber dónde pararse, hasta dónde es lícito contar y hasta dónde no, cómo manejar la sustancia siempre radiactiva de lo real. Creo que es evidente que no hay buena ficción que no aspire a la universalidad, a intentar entender lo que es el ser humano. Es decir: el escritor que escribe para contar su vida, regodearse en ella, ponerse medallas o vengarse, hará sin lugar a dudas un texto abominable. La cuestión, en fin, es la distancia; poder llegar a analizar la propia vida como si estuvieras hablando de la de otro. Y aun así, ¡qué complicado! Te confieso que he cortado dos párrafos que había incluido en la primerísima versión de este libro; dos fragmentos que contaban algo de Pablo. Esto es, me he censurado. Es un conflicto irresoluble; por un lado, esas dos escenas hablaban de los demás. Del dolor de todos. De algún modo, el narrador es como un médium: sus palabras son la expresión de muchos. Y al escribir, uno siente ese compromiso, esa pulsión de hablar por los otros o con los otros: esas dos escenas que corté no eran sólo mías. Pero, por otro lado, eran *sobre todo* mías y de Pablo. Y no pude romper esa nuez de perfecta y callada intimidad entre él y yo. Ya sabes que ansío ser libre, totalmente libre al escribir; quiero volar, quiero alcanzar la ingravidez perfecta. Pero hay ligaduras personales profundas de las que no deseo o no sé desprenderme. Soy un globo aerostático que se bambolea a pocos palmos del suelo con la barquilla todavía atada a tierra por una soga.

Dice mi amigo que Pablo no está en este libro, y a mí me parece imposible que esté más. ¿Cómo hablar de él con naturalidad, con libertad? ¿Qué se puede contar para revivirlo? Pablo era un niño. Pablo era un hombre. Era un niño dentro de un hombre. Tenía una inteligencia formidable y muy original: seguía sorprendiéndome tras dos décadas de convivencia. Era cabezota, refunfuñón, seductor, honesto. Escribía muy bien y era un estupendo periodista. Además de elegante, atlético y meticuloso. Y le gustaban tanto el silencio como las discusiones. Tendría muchas más palabras que decir sobre él, pero no nos llevarían a ningún lado: ésa no es manera de definirle. Le recuerdo leyendo atentamente cada día hasta la última noticia de los periódicos. Y llevando la contraria en una cena de amigos por el puro placer de discutir. Le recuerdo sacando a la calle, sobre un cartón, caracoles recogidos en nuestro pequeñísimo jardín, porque no tenía corazón para matarlos (solía hacerse el duro pero era así de bueno). Le recuerdo feliz paseando por los montes. En fin, releo este último párrafo y creo que lo más acertado que he dicho es «le recuerdo». Ésa sí es la pura verdad. Dentro de mi cabeza está todo él.

Pero la literatura, o el arte en general, no puede alcanzar esa zona interior. La literatura se dedica a dar vueltas en torno al agujero; con suerte y con talento, tal vez consiga lanzar una ojeada relampagueante a su interior. Ese rayo ilumina las tinieblas, pero de forma tan breve que sólo hay una intuición, no una visión. Y, además, cuanto más te acercas a lo esencial, menos puedes nombrarlo. El tuétano de los libros está en las esquinas de las palabras. Lo más importante de las buenas novelas se agolpa en las elipsis, en el aire que circula entre los personajes, en las frases pequeñas. Por eso creo que no puedo decir nada más sobre Pablo: su lugar está en el centro del silencio.

EL CANTO DE UNA NIÑA

Entonces, ¿la vida siempre acaba mal? Según una tradición gitana, si acudes a un festejo social, a una boda, a un bautizo, no debes desear felicidades, como es habitual, sino «malos principios». Porque, con sabiduría milenaria forjada por unas condiciones de vida difíciles, conocen que la desgracia es inevitable en la existencia; y entonces prefieren desear que la cuota de dolor venga primero, para que así el final sea venturoso.

Pero la vida no tiene otro final posible que la muerte; y antes, si tienes mucha suerte, la vejez. Las películas de Hollywood no suelen acabar así. A la gente le deprime. Mi novela *Historia del Rey Transparente* termina con la muerte del personaje principal. Para mí es una muerte estupenda, una muerte feliz. Ha vivido una gran vida y escoge la manera de irse. Yo considero que es una novela muy optimista y escribirla me suavizó el miedo a mi propio fin. Y hay lectores que también lo ven así, pero otros dicen que no me perdonan que mate a la protagonista. Pero, por favor, ¡si todos los protagonistas mueren, sólo que fuera de las páginas de los libros!

Creo que nuestra percepción lineal del tiempo lo

empeora todo. Einstein dijo ya hace mucho que el tiempo y el espacio eran curvos, pero nosotros seguimos viviendo los minutos como una secuencia (y una consecuencia) inexorable. En su raro y conmovedor libro *Un hombre afortunado*, publicado en 1966, John Berger acompaña a John Sassall, un médico rural amigo, en sus visitas a los pacientes, y hace un retrato reflexivo del doctor concluyendo que, en efecto, su vida puede considerarse plena: «Sassall es un hombre que está haciendo lo que quiere hacer. O, para ser más precisos, un hombre que sabe lo que busca. A veces la búsqueda entraña tensión y contrariedades, pero constituye su única fuente de satisfacción. Al igual que los artistas o que cualquiera que crea que su trabajo es la justificación de su vida, para los estándares miserables de nuestra sociedad, Sassall es un hombre afortunado.» Resulta difícil no pensar que Berger está hablando de sí mismo, o *también* de sí mismo, cuando escribe esto; por eso debió de ser todavía más desolador para él lo que pasó luego. Y lo que sucedió es que, quince años después de que sacara este libro, John Sassall se suicidó. Lo cuenta el propio Berger en una breve postdata añadida en 1999. Y añade: «John, el hombre a quien tanto quise, se suicidó. Y, en efecto, su muerte ha cambiado la historia de su vida. La ha hecho más misteriosa. Pero no más oscura. No es menos luminosa ahora: simplemente su misterio es más violento.» Estoy de acuerdo: ¿por qué el suicidio va tener que ensuciar todo su pasado? Pero tendemos a ver las cosas así: si alguien se suicida, es como si toda su vida fuera una tragedia. Si alguien tiene una vejez solitaria, precaria e infeliz, es como si las tinieblas impregnaran toda su existencia. Pero no es así. Lo que vivió, lo vivió. Antes de que llegara el invierno, la cigarra disfrutó de una vida fantástica, mientras que la existencia de la hormiga siempre fue bastante tediosa. Además, de todos modos el periodo vital de los insectos es muy breve, o sea que, ¡hurra por la cigarra! Por lo menos tendría unas memorias alegres, una narración hermosa que contarse.

La #Felicidad. Ese bien esquivo e indefinible. Otra de las cosas que me intranquilizan de la lectura de las biografías es la maldita costumbre que tienen los biógrafos de decir cosas como «ése fue el año más feliz de su vida» o «probablemente nunca fue tan feliz como entonces». Abominación y miseria: entonces, ¿podemos estar viviendo en el mejor momento de nuestras vidas y no darnos cuenta? ¿Estaremos desaprovechando la #Felicidad? Ya conoces la famosa frase de John Lennon: la vida es eso que sucede mientras nosotros nos ocupamos de otra cosa. Y es verdad que perdemos el tiempo preocupándonos por nimiedades, que nos aturdimos y nos empecinamos tontamente, que tendemos a pensar que la auténtica vida está por llegar.

Saber ser #Feliz es un conocimiento complicado. Hay quien nunca llega a poseerlo. ¿Supo ser feliz Marie Curie? Probablemente sí. O, por lo menos, estuvo muy cerca. En sus escritos biográficos habla de la época en que Pierre y ella trabajaban febrilmente en el galpón que les servía de laboratorio, y dice:

En aquel miserable hangar pasamos los años más felices de nuestra vida, consagrados por completo al trabajo. A menudo tenía que improvisar una comida en aquel laboratorio para no interrumpir alguna operación [...]. Sumida en la quietud de la atmósfera de investigación sentía una dicha infinita, y me exaltaba con los progresos que permitían abrigar la esperanza de lograr mejores resultados aún [...]. Recuerdo la felicidad de los ratos dedicados a discutir sobre el trabajo mientras recorríamos el hangar de un extremo a otro. Uno de nuestros grandes deleites era acudir al laboratorio de noche; por todas partes resplandecían las tenues siluetas iluminadas de los tubos y las cápsulas que contenían nuestros productos. Era una visión muy hermosa que nunca dejaba de asombrarnos. Los tubos brillantes parecían pálidas luces feéricas.

Debía de sentirse en el mundo de las hadas, en efecto; esa chica pobre y huérfana perteneciente a un pueblo sojuzgado, una simple mujer en un mundo de hombres, una muchacha humillada por los ricos (Casimir) que estuvo muy cerca de no poder ni siquiera estudiar, era ahora una científica que estaba descubriendo el llameante fuego de la vida en compañía de un hombre adorable que la amaba y la respetaba. Magia pura. Cuando algo te ha costado mucho, aprendes a apreciarlo.

Dice en su diario, hablando de los días de vacaciones pasados en Saint-Rémy:

> Por la mañana te sentaste en el prado que hay en el camino del pueblo [...]. Irène corría tras las mariposas con una redecilla endeble y a ti te parecía que no atraparía ninguna. Sin embargo, para su enorme alegría, cogió una, y yo la convencí para que la dejara en libertad. Me senté junto a ti y me tumbé, atravesada sobre tu cuerpo. Estábamos bien, yo sentía cierto remordimiento por si estabas cansado, pero te notaba feliz. Y yo misma tenía esa sensación que había experimentado a menudo durante los últimos tiempos de que ya nada nos turbaba. Me sentía en calma y llena de una ternura dulce hacia el excelente compañero que estaba allí conmigo, sentía que mi vida le pertenecía, que mi corazón rebosaba cariño hacia ti, mi Pierre, y me hacía feliz sentir que allí, a tu

lado, bajo aquel sol hermoso y frente a aquellas vistas divinas del valle, no me faltaba nada. Eso me daba fuerzas y fe en el futuro, no sabía que no habría futuro alguno para mí.

Qué inmensa, redonda, envidiable frase: «sentí que no me faltaba nada». ¿Habría alcanzado de verdad Marie esa sabiduría, o sería un adorno de la memoria? La insatisfacción de los humanos, ese querer siempre algo más, algo mejor, algo distinto, es el origen de innumerables desdichas. Además, la #Felicidad es minimalista. Es sencilla y desnuda. Es una casi nada que lo es todo. Como ese día campestre de los Curie, bajo el sol, frente al valle.

Esta mañana he sacado a las perras a pasear y me he encontrado una higuera. Mejor dicho, esta mañana me he dado cuenta de que el árbol por el que paso todos los días es una higuera; y si lo he advertido ha sido porque estaba cargado de frutos que empezaban a caerse (el verano agoniza), y no por mi perspicacia botánica (perdona, Pablo). Mi marido amaba las higueras. Hace años, al principio de nuestra relación, fuimos a una casita que sus padres tenían en un pueblo de montaña de la provincia de Ávila. Pablo había pasado allí los lentos, formidables veranos de la infancia, y me fue enseñando el paisaje de su niñez: el camino al río, el bosque, la poza donde se bañaba. Al comienzo de la senda, al salir del pueblo, hay una higuera. Aquella primera vez me la mostró y me contó su historia: a finales de agosto, mientras los frutos terminaban de madurar, una niña se sentaba bajo las ramas y se pasaba las horas cantando para espantar a los pájaros y evitar que picotearan los higos. A Pablo la escena debió de maravillarle: me la contó ese día y muchos más, cada vez que íbamos al pueblo, con esa contumacia con que las parejas veteranas nos repetimos las pequeñas cosas que nos obsesionan. Puedo entender muy bien por qué le fascinaba; imagino a Pablo a los diez años, tan guapo como en esa foto del pantano con sus primos; con pantalones cortos, las rodillas arañadas, camino de la poza. Lo veo en el polvoriento final del tórrido verano, cerca ya del regreso a Madrid, a la tristura del invierno y al colegio. Pero todavía no se han acabado las vacaciones, todavía es libre y un poco salvaje, aún le quedan varios días para pasar junto a la higuera y junto a la niña que canta bajo la higuera, y en esa edad cada día es una eternidad. Cómo debía de sorprender a un chico de ciudad esa niña que cantaba. Esa promesa de higos maduros y melosos. Ese vislumbre de vida.

Cuando Pablo me contó la escena por primera vez, los dos teníamos treinta y siete años. Nadie recogía ya los frutos del árbol y los pájaros se daban grandes atracones. Pero los pinares seguían estando allí, y el monte, y el sendero calcinado, y el calor del verano. *Trasto* y *Bicho*, nuestros perros de entonces, fallecidos hace ya mucho, miraban expectantes: querían entrar en el cercano, umbrío bosque. Recuerdo el peso del aire sofocante, el zumbido de los moscardones, lo dorada que era la luz del sol, que estaba muy bajo, y el olor verde oscuro de la higuera. Recuerdo la simple, embriagadora #Felicidad. Y el futuro extendiéndose por delante en un horizonte inagotable. Estábamos empezando nuestra relación y en el momento agudo de la pasión eres inmortal.

Se me ha venido todo esto a la cabeza hace unas horas, cuando he visto la higuera reventando de frutos, en la cansada plenitud de este verano que se acaba. Breve es nuestro día y la noche es inmensa. A veces me pregunto en qué pensará uno antes de morir; qué recuerdos escogerá como resumen para narrarse. Y estoy casi segura de que esa niña cantando fue una escena luminosa y crucial en la imaginería de Pablo. En su representación de la existencia. He heredado de él ese recuerdo fundacional y se lo agradezco.

¿Y en qué pensaría Madame Curie? ¿Cuál sería su balance final? Sánchez Ron concluye su libro hablando maravillas de la científica y resaltando los graves problemas a los que tuvo que enfrentarse. Y dice: «A la luz de semejante biografía e imagen pública, no debería sorprender a nadie que también sea posible identificar en Marie Curie rasgos de gran dureza, ni que su figura transmitiese, con prácticamente insoportable constancia, una profunda tristeza y seriedad.» Tiene razón, aunque yo diría que la gran dureza la dirigía sobre todo contra sí misma. Pero lo más inquietante, en efecto, son sus fotos. Siempre tan seria. Tan triste. ¿O quizá no? Su gesto permanentemente adusto, ¿no sería una máscara defensiva que ya se había petrificado después de tantos años? Ese ceño embestidor propio de una mujer que, en efecto, tuvo que derribar muchos muros a cabezazos, ¿no habría terminado por convertirse en una costumbre facial, en una mueca? Por no hablar de la fatiga constante de su cuerpo debilitado por la radiación. Debe de costar sonreír cuando siempre te encuentras tan cansada.

Pero no te olvides de la felicitación navideña que escribió a su hija Irène y a Frédéric en diciembre de 1928. Ya te he citado parte, pero ahora transcribiré unas líneas más:

Os deseo un año de salud, de satisfacciones, de buen trabajo, un año durante el cual tengáis cada día el gusto de vivir, sin esperar que los días hayan tenido que pasar para encontrar su satisfacción y sin tener necesidad de poner esperanzas de felicidad en los días que hayan de venir. Cuanto más se envejece, más se siente que saber gozar del presente es un don precioso, comparable a un estado de gracia.

¿Te parece la carta de alguien amargado? Antes al contrario: creo que, por fin, después de una vida batalladora y muy difícil, de una ambición ardiente y una responsabilidad abrumadora, Manya Skłodowska supo encontrar la #Ligereza.

Quién pudiera perder peso como ella y volar. Flotar ingrávida en el tiempo, que es una manera de rozar la eternidad. Vivir en la suprema gracia del aquí y el ahora. Siempre me fascinó el magistral relato de Nathaniel Hawthorne «Wakefield», en el que un modoso caballero del siglo XIX sale de su casa para un breve recado y ya no vuelve, o al menos no vuelve en muchos años. Y aquí viene lo más estremecedor y más genial: alquila un piso muy cerca de su hogar, en la misma calle, y durante su larga desaparición se dedica a contemplar el dolor de su mujer, la perplejidad de quienes le conocen, el agujero que ha dejado su ausencia. Y ahora dime: ¿No has sentido nunca la insidiosa tentación de dejar de ser quien eres? ¿De liberarte de ti mismo? Pero no hace falta ser tan drástico y tan loco como Wakefield: bastaría con ir soltando lastre. Con irse desnudando de las capas superfluas. Fuera la dictadura de #HacerLoQueSeDebe. Adiós a la #Ambición esclavizante y a la inseguridad torturadora (estas dos son pareja). Se acabó la #Culpabilidad y el ciego mandato de #HonrarALosPadres.

Al final, en efecto, es una cuestión de narración. De

cómo nos contamos a nosotros mismos. Aprender a vivir pasa por la #Palabra. Recuerda los asombrosos resultados de ese estudio según el cual los separados y divorciados están más deprimidos que los viudos. ¿Qué les falta a los primeros? Desde luego no la persona amada, sino una narración convincente y redonda. Un relato consolador que les dé sentido. Todos los humanos somos novelistas y, por consiguiente, yo soy redundante porque además me dedico a escribir. Hago novelas cuyas peripecias no tienen nada que ver conmigo, pero que representan fielmente mis fantasmas; y ahora que con este libro he intentado decir siempre la verdad, quizá haya terminado haciendo en realidad mucha más ficción. Porque, como dice Iona Heath, «hallar sentido en el relato de una vida es un acto de creación».

Siempre pensé, y lo he escrito alguna vez, que la vejez es una edad heroica. No soy la única en verlo así; según un conocido refrán norteamericano, «hacerse mayor no es para blandengues» (*growing old is not for sissies*: el original es bastante homofóbico, porque *sissy* viene a ser como *mariquita*). Sin embargo, ahora empiezo a intuir que quizá con la edad podamos aprender a escribirnos mejor: a fin de cuentas la novela es un género de madurez. Y creo que, si tienes suficiente dinero para pagar las necesidades básicas, y suficiente salud para ser autónomo, ser mayor te puede liberar de ti mismo, como a Wakefield. Según varios estudios realizados en los últimos años sobre muestras inmensas de cientos de miles de personas pertenecientes a ochenta países, la #Felicidad dibuja una estable y firme curva en forma de U a lo largo de la vida. Es decir, hombres y mujeres de todas las sociedades dicen sentirse más felices en la juventud y en la vejez, mientras que el momento más difícil de la existencia está entre los cuarenta y los cincuenta años.

Estoy hablando de alcanzar la maestría en la narración, de conquistar de verdad la #Ligereza. Quién sabe: quizá todos esos biógrafos que no prestaron ninguna atención a los últimos años de sus personajes no supieron ver lo que miraban. En la #Ligereza, la vida flota irisada y sutil, transparente y casi imperceptible, como una pompa de jabón al sol. Quizá los humanos estemos tópicamente acostumbrados a fijarnos sólo en los grandes hechos, en los actos pesados, en la solemnidad y en el afán. En cosas tan obvias y ruidosas como el descubrimiento de la radiactividad y la penicilina, o la llegada a la Luna, o el auge y la caída de los imperios. Que, por supuesto, son sucesos memorables y es lógico que nos llamen la atención. Ahora bien: eso no es todo lo que hay. Pero supongo que hace falta vivir mucho, y lograr aprender de lo vivido, para llegar a comprender que no hay nada tan importante ni tan espléndido como el canto de una niña bajo una higuera.

Agradecimientos

UNAS PALABRAS FINALES

Todos los datos que hay en este libro sobre Marie y Pierre Curie están documentados; no hay una sola invención en lo factual. Sin embargo, me he permitido volar en las interpretaciones, porque he utilizado a la gran Madame Curie como un paradigma, un arquetipo de referencia con el que poder reflexionar sobre los temas que últimamente me rondan insistentemente por la cabeza. Un ejemplo de vuelo: ¿era el padre de Marie tan fastidioso como insinúo? Yo creo que sí, pero el lector tiene los mismos datos que yo y puede decidir si está de acuerdo o no con lo que digo. En cualquier caso, representa a todos esos padres fastidiosos que sin duda existen.

Éstos son los textos en los que me he basado para contar la vida de Marie: el primero, conmovedor y francamente bueno, el escrito por su hija pequeña, Ève Curie: *Madame Curie, en Doubleday, Doran and Company, Inc., Nueva York, 1937 (es un libro antiguo y en inglés: por desgracia la obra está descatalogada).* Marie Curie, genio obsesivo, *una magnífica biografía de Barbara Goldsmith, en Antoni Bosch editor, Barcelona, 2005.* Curie, *de Sarah Dry, también muy apreciable y con una vertiente más científica, en Tutor, Madrid, 2006.* Marie Curie y su tiempo, *de José Manuel Sánchez Ron, que es más un excelente libro de ciencia que una biografía, en Drakontos bolsillo, Barcelona, 2009.* Sklodowska Curie, una polaca en París, *el más reciente y ligero, de Belén Yuste y Sonnia L. Rivas-Caballero, en Edicel, Madrid, 2011.* Escritos autobiográficos, *de Marie Curie, interesantísimo y fascinante volumen que reúne los numerosos escritos no científicos de Madame Curie, Edicions UAB, Barcelona, 2011. También hay mucho material sobre los Curie en la red. Me ha sido especialmente útil la biografía de Marie hecha por The American Institute of Physics en <http:// www.aip.org/history/curie/>.*

Quiero dar las gracias a mi amigo y estupendo escritor Alejandro Gándara, que me recomendó estos tres libros formidables que cito en mi texto: Un hombre afortunado, *de John Berger, en Alfaguara, Madrid, 2008;* Ayudar a morir, *de la doctora Iona Heath, en Katz difusión, Madrid, 2008, y* El enterrador, *de Thomas Lynch, en Alfaguara, Madrid, 2004. También a Nuria Labari, que me sugirió un par de detalles atinadísimos. Y por último, mi agradecimiento para los formidables físicos Juan Manuel R. Parrondo y Raúl Sánchez, que han tenido la gentileza de leerse el borrador para ver si decía alguna barbaridad científica.*

ÍNDICE DE HASHTAGS

APÉNDICE

Diario de Marie Curie

30 de abril de 1906

Querido Pierre, a quien ya no volveré a ver aquí, quiero hablarte en el silencio de este laboratorio, donde no imaginaba tener que vivir sin ti. Y quiero empezar acordándome de los últimos días que vivimos juntos.

Me fui a St. Rémy[1] el viernes antes de Pascua, el 13 de abril; pensaba que a Irène le sentaría bien[2] y que, sin nodriza, allí sería más fácil cuidar de Ève.[3] Hasta donde yo recuerdo, pasaste toda la mañana en casa y te hice prometer que nos alcanzarías el sábado por la tarde. Mientras nosotras salíamos para la estación, tú ibas para el laboratorio y te reproché que no me dijeras adiós. A la mañana siguiente, yo te esperaba en St. Rémy sin estar muy segura de si te vería. Mandé a Irène a tu encuentro en bicicleta. Llegasteis los dos juntos, ella llorando, porque se había caído y se había hecho una herida en la rodilla. Pobre criatura, ahora tu rodilla está casi curada

1. Pierre y Marie Curie pasaban las vacaciones en Saint-Rémy-lès-Chevreuse.
2. Hija mayor del matrimonio, tenía entonces ocho años y medio.
3. La hija pequeña, nacida el 6 de diciembre de 1904.

pero tu padre, que fue quien te la curó, ya no está con nosotras. Yo estaba contenta de que mi Pierre estuviera allí. En el salón, se calentaba las manos delante del fuego que yo había encendido para él y se reía al ver que Ève acercaba como él sus manos al fuego y se las frotaba a continuación. Te habíamos hecho las natillas que te gustaban. Dormimos en nuestra habitación con Ève. Me dijiste que preferías aquella cama a la de París. Dormíamos acurrucados el uno en el otro, como de costumbre, y te di un pequeño chal de Ève para que te taparas la cabeza. Ève estaba detrás, en su capazo. Cuando se despertó, a media noche, la mecí y no quise que te levantaras, como pretendías. Por la mañana, buen tiempo; saliste a ver el campo nada más levantarte. Después fuimos todos juntos a por leche a la granja de abajo. Tú te reías al ver a Ève metiéndose en todas las roderas del camino y subiéndose a las partes más pedregosas del trayecto. ¡Oh, cómo me cuesta recordarlo, se me escapan los detalles! Nos sorprendió mucho ver las aulagas florecidas. Luego subiste el sillín de la bicicleta de Irène y después de comer fuimos los tres en bici al valle de Port-Royal. Hacía un tiempo exquisito. Nos paramos delante de la poza que hay en la hondonada donde la carretera cruza al otro lado del valle. Le mostraste a Irène algunas plantas y animales, y nos lamentábamos por no conocerlos mejor. Luego pasamos Milon-la-Chapelle y nos paramos en el prado que hay a continuación. Estuvimos buscando flores y mirando algunas de ellas con Irène. Cogimos también ramas de mahonia en flor e hicimos un gran ramo con ranúnculos de agua, que tanto te gustaban. Te llevaste el ramo a París la mañana siguiente, y todavía seguía vivo cuando tú habías muerto. A la vuelta nos paramos en unos troncos y enseñaste a Irène a andar por encima de ellos poniendo los pies hacia fuera. Ya en casa, no sabías si marcharte, estabas cansado, te retuve, dudabas si ir a comer a la calle de los Martyrs al día siguiente, pero preferiste quedarte con nosotras. La noche fue algo agitada porque Ève lloró un poco, pero tú mantenías la calma. Al día siguiente estabas cansado; hacía un tiempo divino. Por la mañana te sentaste en el prado que hay en el camino del pueblo, el que desciende a la derecha justo después de pasar la pequeña hondonada del camino detrás de la casa de los Borgeaud. Irène corría tras las mariposas con una redecilla endeble y a ti te parecía que no atraparía ninguna. Sin embargo, para su enorme alegría, cogió una, y yo la convencí para que la dejara en libertad. Me senté junto a ti y me tumbé, atravesada sobre tu cuerpo. Estábamos bien, yo sentía cierto remordimiento por si estabas cansado, pero te notaba feliz. Y yo misma tenía esa sensación que había experimentado a menudo durante los últimos tiempos de que ya nada nos turbaba. Me sentía en calma y llena de una ternura dulce hacia el excelente compañero que estaba allí conmigo, sentía que mi vida le pertenecía, que mi corazón rebosaba cariño hacia ti, mi Pierre, y me hacía feliz sentir que allí, a tu lado, bajo aquel sol hermoso y frente a aquellas vistas divinas del valle, no me faltaba nada. Eso me daba fuerzas y fe en el futuro, no sabía que no habría futuro alguno para mí.

Irène tenía calor. Le quité su jersey de ir en bicicleta en mitad del prado, y se fue corriendo a casa con su pantalón de punto azul, los brazos y el cuello desnudos, a buscar su chaqueta de tela. La contemplábamos maravillados, su gracia y su belleza nos hacían felices.

Puse una manta caliente fuera para que descansaras. Nosotras teníamos que ir a la granja de arriba. Quisiste venir con nosotras; yo tenía un poco de miedo de que te cansaras, pero de todas formas estaba contenta porque me daba pena dejarte. Subimos tranquilamente. Tú estabas pendiente de que Irène anduviera con los pies hacia fuera. Una vez arriba mandamos a Irène y Emma a la granja y tú y yo giramos a la derecha con Ève para buscar las charcas con nenúfares que recordábamos. Las charcas estaban medio secas, y no había nenúfares, pero las aulagas habían florecido: las contemplábamos admirados. Llevábamos a Ève primero uno y luego el otro, sobre todo yo. Nos sentamos junto a una garbera, y yo me quité la enagua para que no te sentaras en el suelo sin nada, me trataste de loca y me reñiste, pero yo no te hacía caso, me daba miedo que enfermaras. Ève nos divertía con sus monerías. Por fin, Emma e Irène venían a nuestro encuentro. La chaqueta de Irène se veía desde lejos; se hacía tarde. Bajamos por el camino atravesando el bosque, encontramos algunas encantadoras vincapervincas y violetas.

Una vez en casa, quisiste marcharte. Me daba mucha pena, pero no podía oponerme, era necesario, te hice la cena rápidamente y te fuiste.

Me quedé todavía un día más en St. Rémy y no regresé hasta el miércoles, en el tren de las dos y veinte, con mal tiempo, frío y lluvioso. El tiempo que te acabaría costando la vida. Quería concederles a las niñas un día más de campo. ¿Por qué estuve tan poco acertada?, fue un día menos que viví contigo. Vine a buscarte al laboratorio el miércoles por la tarde. Entré por la puerta pequeña y te vi por la ventana con tu bata y tu gorro, en la sala grande del pabellón, detrás del barómetro. Entré y me dijiste que habías pensado que con el mal tiempo que hacía no lamentaría irme de St. Rémy. Te contesté que sí, que era verdad, y que si me había quedado un poco más había sido por las niñas. Fuiste a buscar tu abrigo y tu sombrero a la habitación donde yo trabajo, y yo te esperé junto al barómetro. Volviste y nos dirigimos a casa de Foyot. De camino hablamos de las cenas de compromiso, nos hastiaban un poco las previsibles molestias, y yo me preguntaba si no habría sido mejor no asistir a la cena. Ésa fue la última vez que cenaría contigo. Entramos, me puse a charlar con la señora Rubens; volví a juntarme contigo ya en la mesa. Estábamos en una de las esquinas, con Henri Poincaré entre nosotros. Le hablé de la necesidad de reemplazar la educación literaria por una educación más cercana a la naturaleza, del artículo que nos había gustado, Pierre mío (¿no fue en St. Rémy donde lo leímos?). Luego, algo incómoda de hablar tanto, quise cederte la palabra, obedeciendo a esa sensación que siempre he tenido de que lo que tú pudieras decir sería más interesante que lo que pudiera decir yo misma (en todas las circunstancias de nuestra vida, siempre he tenido esa confianza inquebrantable en ti, en tu valía). La conversación nos condujo entonces hasta Eusapia[4] y los fenómenos que realizaba. Poincaré hacía objeciones con su sonrisa de escéptico pero curioso de las novedades; tú alegabas la realidad de los fenómenos. Yo observaba tu cara mientras hablabas y, una vez más, me admiraba tu hermosa cabeza, el encanto de tu palabra sencilla, iluminada por tu sonrisa. Ésa fue la última vez que escuché cómo exponías tus ideas.

Después de cenar, nos juntamos de nuevo sólo al mo-

4. Eusapia Palladino era una médium muy conocida. Científicos como Pierre y Marie Curie, intrigados, habían asistido a algunas de sus sesiones.

mento de marcharnos. Fuimos a la estación (¿con Clangevin y Brillouin?). Volvimos a casa y recuerdo que delante de ella hablamos otra vez de ese tema de la educación que tanto nos interesaba. Te dije que la gente con la que habíamos hablado no entendía nuestra idea, que no veían en la enseñanza de las ciencias naturales más que una exposición de hechos cotidianos, que no entendían que para nosotros se trataba de transmitir a los niños un gran amor por la naturaleza, por la vida, y al mismo tiempo la curiosidad por conocerla. Opinabas como yo, y sentíamos que entre nosotros había una comprensión rara y admirable; si me lo dijiste en ese momento, ya no me acuerdo, pero cuántas veces no me lo habías dicho ya, Pierre mío: «Realmente, vemos todo de la misma forma», o alguna frase análoga, cuyas palabras se me escapan ahora.

Y yo te respondía: «Sí, Pierre, estamos hechos para una existencia en común», o alguna cosa por el estilo. El recuerdo del final de ese último día se me escapa, por desgracia [...]. Emma nos había avisado de que Ève estaba mala. Te hice quitarte los zapatos para no hacer ruido. Durante la noche, se despertó y tuve que cogerla en brazos. Luego la acosté entre los dos; te dije que necesitaba entrar en calor; tú dijiste algo animándome a cuidarla y consolarla, luego la besaste varias veces. Poco después se durmió y pude acostarla en su cama. Ève había despertado a Irène, pero se volvió a dormir con facilidad. No me acuerdo bien de la mañana siguiente. Emma regresó, y tú le reprochaste que no tenía la casa suficientemente bien (ella había pedido un aumento). Salías, tenías prisa, yo me estaba ocupando de las niñas, y te marchabas preguntándome en voz baja si iría al laboratorio. Te contesté que no lo sabía y te pedí que no me presionaras. Y justo entonces te fuiste; la última frase que te dirigí no fue una frase de amor y de ternura. Luego, ya sólo te vi muerto […].

Entro en el salón. Me dicen: «Ha muerto.» ¿Acaso puede una comprender tales palabras? Pierre ha muerto, él, a quien sin embargo había visto marcharse por la mañana, él, a quien esperaba estrechar entre mis brazos esa tarde, ya sólo lo volveré a ver muerto y se acabó, para siempre. Todavía y siempre repito tu nombre: «Pierre, Pierre, Pierre, mi Pierre», pero por desgracia eso no hará que venga, se ha ido para siempre dejándome sólo la desolación y la desesperación. Pierre mío, te he esperado durante horas mortales, me han traído las cosas que llevabas encima, tu estilográfica, tu tarjetero, tu monedero, tus llaves, tu reloj, ese reloj que no se paró cuando tu pobre cabeza recibió el terrible golpe que la quebró.

Eso es todo lo que me queda de ti, junto a algunas viejas cartas y algunos papeles. Es todo lo que tengo a cambio del amigo tierno y amado con el que contaba pasar mi vida.

Me lo trajeron por la tarde. Primero, en el coche, te besé la cara, que apenas había cambiado. Luego te llevamos a la habitación de abajo y te colocamos sobre la cama. Y te volví a besar, aún estabas flexible y casi caliente, y besé tu querida mano, que todavía se cerraba. Me pidieron que saliera mientras te quitaban la ropa. Obedecí, trastornada, y no entiendo cómo pude ser tan tonta. Me correspondía a mí quitarte la ropa ensangrentada, nadie más debía hacerlo, nadie debía tocarte, cómo no lo entendí entonces. Lo comprendí después, y entonces sólo me podía separar de ti de vez en cuando, y me quedaba en tu habitación cada vez más, y te acariciaba la cara y te la besaba.

Días tristes y terribles. A la mañana siguiente, la llegada de Jacques;[5] sollozos y lágrimas. Luego los dos, Jacques y yo, entrábamos constantemente a verte, y las primeras palabras de Jacques junto a tu cama fueron: «Tenía todas las cualidades; no había dos como él.» Nos comprendíamos bien, Jacques y yo, su presencia es un consuelo para mí. Permanecimos al lado de quien más nos quería, juntos nos lamentamos, juntos releímos las viejas cartas y lo que queda de tu diario. ¡Oh, siento tanto que Jacques se haya marchado!

Pierre, mi Pierre, estás ahí, tranquilo como un pobre herido que descansa mientras duerme con la cabeza vendada. Y tu cara se mantiene aún dulce y serena, aún sigues siendo tú, encerrado en un sueño del que no puedes salir. Tus labios, que yo solía decir eran exquisitos, están pálidos, descoloridos. Tu barbita canosa; apenas se ve tu pelo porque la herida empieza justo ahí y podría verse el hueso superior de la derecha de la frente levantado. ¡Oh, cuánto te ha debido de doler, cuánto has sangrado, tu ropa está empapada de sangre! Qué golpe ha sufrido tu pobre cabeza, que yo acariciaba tan a menudo tomándola en mis manos. Y una vez más te besé los párpados que tú cerrabas tan a menudo para que yo los besara, me ofrecías la cabeza con un movimiento familiar que recuerdo hoy y que veré difuminarse en mi memoria; ya el recuerdo es confuso e incierto. ¡Oh, cuánto maldigo esta carencia de memoria visual que me impide tener una imagen clara de lo que ha desaparecido! ¡Pronto el único recurso serán tus retratos! ¡Oh! Necesitaría una memoria de pintor o de escultor para tenerte siempre visible a mis ojos y que tu querida imagen no se borre jamás y me acompañe fielmente.

5.   Hermano mayor de Pierre Curie.

Me aflige sentir que todo lo que escribo resulta frío y que no soy capaz de fijar por escrito el recuerdo de aquellas horas atroces.

¿Qué puedo entonces esperar salvar del desastre y conservar en el futuro como apoyo para mis extraviados pensamientos?

1 de mayo de 1906

Pierre mío, cuánto me aflige todo en esta casa que tú has dejado. El alma de la casa se ha ido, todo está triste, desolado y privado de sentido.

Te pusimos en el ataúd el sábado por la mañana, y yo sostuve tu cabeza mientras lo hacíamos. ¿A que tú no habrías querido que nadie más sostuviera esa cabeza? Te besé, Jacques también y también André;[6] dejamos un último beso sobre tu cara fría pero tan querida como siempre. Luego, algunas flores dentro del ataúd y el pequeño retrato mío de «joven estudiante aplicada», como tú decías, y que tanto te gustaba. Ése es el retrato que debía acompañarte en tu tumba, porque era el retrato de aquella a la que tú habías escogido como compañera, aquella que tuvo la suerte de gustarte tanto que no dudaste en ofrecerle compartir tu vida, a pesar de que no la habías visto más que unas cuantas veces. Y a menudo me decías que había sido la única vez en tu vida que actuaste sin dudarlo, puesto que tenías la absoluta convicción de hacer lo correcto. Pierre mío, creo que no te equivocaste [...], estábamos hechos para vivir juntos, y nuestra

6. André Debierne, químico, era el más próximo colaborador de Pierre y Marie Curie.

unión debía producirse. Sólo que, por desgracia, tendría que haber durado mucho más.

Tu ataúd se cierra tras un último beso, y no te vuelvo a ver. No permito que lo recubran con el horrible paño negro. Lo cubro de flores y me siento al lado. Hasta que se lo llevaron, apenas me moví. Quiero decir aquí qué sensación tuve. Estaba sola con tu ataúd y puse mi cabeza en él, apoyando la frente. Y a pesar de la inmensa angustia que sentía, te hablaba. Te dije que te amaba y que te había amado siempre con todo mi corazón. Te dije que tú lo sabías […] y que te había ofrecido mi vida entera; te prometí que jamás daría a ningún otro el lugar que tú habías ocupado en mi vida y que trataría de vivir como tú habrías querido que lo hiciera. Y me pareció que de ese contacto frío de mi frente con el ataúd me llegaba algo parecido a la serenidad y la intuición de que volvería a encontrar el ánimo de vivir. Era una ilusión, o quizá una acumulación de energía que provenía de ti y que al condensarse dentro del ataúd cerrado me llegaba con el contacto, como una acción benefactora de tu parte.

Vienen a buscarte, entristecida concurrencia, los miro, no les hablo. Te acompañamos a Sceaux y te vemos bajar por el agujero grande y profundo que debe acoger tu último reposo. Luego el terrible desfile de gente, se ofrecen a llevarnos. Jacques y yo volvemos, queremos verlo hasta el final; rellenan la fosa, colocan los ramos de flores, todo ha terminado, Pierre duerme su último sueño bajo tierra, es el fin de todo, todo, todo.

¿A que hice bien, Pierre mío, evitando en torno a tu cortejo fúnebre el ruido y las ceremonias que detestabas? Preferiste, estoy segura, irte así, sin revuelo, sin demostraciones vanas, sin discursos. Siempre te gustó la calma. Y los dos últimos días en St. Rémy me dijiste una vez más que esa tranquilidad te sentaba bien.

No sé cómo fueron la tarde y la noche. A la mañana siguiente se lo conté todo a Irène, que estaba en casa de Perrin.[7] Hasta ese momento, sólo le había dicho que su padre se había dado un fuerte golpe en la cabeza y que no podía venir. Ella reía y jugaba al lado mientras nosotros velábamos a su padre muerto. Cuando se lo dije —quise hacerlo yo misma, era mi deber de madre—, al principio no lo entendió y dejó que me marchara sin decir nada; pero luego, al parecer, lloró y pidió vernos. Lloró mucho en casa, luego volvió a irse a casa de sus amiguitos tratando de olvidar. No quiso saber ningún detalle y al principio tenía miedo de hablar de su padre. Abría mucho los ojos, turbada ante la ropa negra que llevábamos puesta. La primera vez que volvió a dormir en casa, en mi cama, se despertó por la mañana y, medio dormida, buscándome con el brazo, dijo con voz quejumbrosa: «¿A que no está muerto?» Ahora no parece que piense en ello, sin embargo ha reclamado el retrato de su padre que alguien había quitado de la ventana de su habitación. Hoy, al escribirle a su prima, Madeleine, no ha hablado de él. Pronto lo olvidará completamente y, por lo demás, ¿sabía lo que era su padre? Pero la pérdida de ese padre pesará sobre su existencia y nunca sabremos el daño que esa pérdida habrá causado. Porque yo soñaba, Pierre mío, y te lo dije a menudo, que esa niña que se parecía tanto a ti por la reflexión grave y tranquila, pronto se convertiría en tu compañera de trabajo, y te debería lo mejor de sí

7. Jean Perrin, el físico, vivía en la casa contigua a la de los Curie.

misma.[8] ¿Quién le aportará lo que tú podrías haberle dado?

Llegada de Józef y Bronya.[9] Son buenos. Pero se habla demasiado en esta casa. Se nota que ya no estás, Pierre mío, tú que detestabas el ruido. Irène juega con sus tíos. Ève, que durante todo lo ocurrido correteaba por casa con una alegría inconsciente, juega y ríe, todo el mundo habla. Y yo veo los ojos del Pierre de mi alma sobre su lecho de muerte, y sufro. Y me parece que el olvido ya viene, el horroroso olvido, que aniquila hasta el recuerdo del ser amado. Y mi tristeza aumenta y me sumo en la contemplación de esa visión interior.

Ahora la casa está más tranquila, Jacques y Józef se han ido, mi hermana se irá mañana. A mi alrededor, todos olvidan. En cuanto a mí, tengo momentos de una casi completa insensibilidad y lo que me sorprende mucho es que a ratos puedo trabajar. Pero los momentos de calma son raros y tengo sobre todo este sentimiento obsesivo de desamparo, con momentos de angustia, y también una inquietud, y a veces la idea ridícula de que todo esto es una ilusión y que vas a volver. ¿No tuve ayer, al oír cerrarse la puerta, la idea absurda de que eras tú?

Con mi hermana quemamos tu ropa del día de la desgracia. En un fuego enorme arrojo los jirones de tela recortados con los grumos de sangre y los restos de sesos. Horror y desdicha, beso lo que queda de ti a pesar de todo, querría embriagarme con mi dolor, apurar la

8. Irène Joliot-Curie obtuvo el Premio Nobel de Química en 1935.

9. Józef Skłodowski era el hermano de Marie Curie y Bronisława Dluska, su hermana.

copa, para que cada uno de tus sufrimientos repercuta en mí hasta hacer estallar mi corazón.

Por la calle, camino como hipnotizada, sin percatarme de nada. Yo no me mataré, ni siquiera tengo el deseo de suicidarme. Pero entre todos esos coches, ¿no habrá uno que me haga compartir la suerte de mi amado?

La mañana del domingo después de tu muerte fui por primera vez al laboratorio con Jacques. Intenté tomar una medida para una curva de la que cada uno habíamos trazado algunos puntos. Pero al cabo de un rato sentí la imposibilidad de continuar. En el laboratorio había una tristeza infinita y parecía un desierto. Luego regresé y me di mucha prisa con [...] los ayudantes de Pierre. He hecho también algunos cálculos para esclarecer las últimas notas de tu cuaderno de laboratorio relativas a la dosificación de la emanación y me he ocupado de la curva de desintegración de ésta. Todo varía según el momento. Hay momentos en los que me parece que no siento nada y que puedo trabajar, luego la angustia regresa con el desánimo.

Me ofrecen sucederte, Pierre mío, en tu curso y en la dirección del laboratorio. He aceptado. No sé si está bien o mal. Tú solías decirme que te habría gustado que yo diera un curso en la Sorbona. Yo querría al menos hacer el esfuerzo de continuar con las investigaciones. A veces me parece que así me será más fácil vivir, otras me parece que estoy loca por embarcarme en esto. Cuántas veces no te habré dicho que, en el caso de que ya no te tuviera conmigo, probablemente no trabajaría. Yo depositaba en ti todas mis esperanzas científicas, y mira, me atrevo a continuar sin ti. Tú me decías que no debía hablar así y «que habría que continuar como si nada», pero cuántas veces no me has dicho tú mismo que «si ya no me tuvieras contigo quizá trabajarías todavía pero que no serías más que un cuerpo sin alma». ¿Y dónde encontraré yo un alma si la mía se ha ido contigo?

[...]

7 de mayo de 1906

Pierre mío, la vida es atroz sin ti, es una angustia sin nombre, un desamparo sin fondo, una desolación sin límites. Desde que no estás, hace ya dieciocho días, no he dejado de pensar en ti ni un solo instante, salvo cuando dormía. Ni un solo momento estando despierta has abandonado mis pensamientos, y cada vez me cuesta más pensar en otra cosa y en consecuencia trabajar. Ayer, por primera vez desde el día fatídico, una ocurrencia de Irène me hizo reír, pero aun riéndome, me dolía. ¿Te acuerdas de cómo te reprochabas haberte reído algunos días después de la muerte de tu madre? «Cariño mío, el osezno se ha reído», me dijiste con voz afligida, y yo te consolé lo mejor que pude. Estábamos sentados en la cama de nuestro dormitorio de la calle de la Glacière. Pierre mío, pienso en ti sin tregua ni fin, mi cabeza estalla y mi razón se trastorna. No entiendo que a partir de ahora deba vivir sin verte, sin sonreír al dulce compañero de mi vida, a mi amigo tan tierno y devoto.

¿Recuerdas cómo me cuidabas cuando me encontraba mal durante los embarazos?

[...] Pierre mío, yo te amaba y no sé cómo vivir sin ti. Desde hace dos días he visto que los árboles tienen hojas y que el jardín está hermoso. Esta mañana he observado admirada a las niñas, qué hermosas. He pensado que a ti te habrían parecido hermosas también y que me habrías llamado para mostrarme los narcisos y las vincapervincas en flor. Ayer estuve en el cementerio. No podía entender las palabras «Pierre Curie» grabadas en la piedra. El sol y la belleza del campo me dolían y me cubrí con el velo para verlo todo a través de la tela. También he pensado que estabas más tranquilo en este cementerio de Sceaux que en cualquier otro sitio [...].

Pierre mío, igual que mi corazón se agarra al recuerdo de la imagen querida, me parece que el esfuerzo de mi sufrimiento debería bastar para romperlo y acabar con esta vida de la que tú te has ido.

Mi hermoso, mi bueno, mi querido Pierre amado. ¡Oh, la nostalgia de verte, de ver tu sonrisa bondadosa, tu dulce rostro, oír tu voz grave y dulce, y de apretarnos el uno contra el otro como hacíamos a menudo! Pierre, no quiero, no quiero soportar esto. La vida no es posible. Verte sacrificado de esta manera, tú, el más inofensivo, el más justo, el más benévolo, el más abnegado, oh, Pierre, jamás tendré suficientes lágrimas para llorar esto, jamás tendré suficientes pensamientos para recordarlo, y todo lo que pueda hacer y sentir ante semejante tragedia es en vano [...].

Intento retomar mi vida, creo que es una ilusión, y ni siquiera ésta es completa. En el fondo de mí misma, soy consciente de que esto ha pasado, y soy como alguien que intenta engañarse y que a duras penas lo consigue. Me doy cuenta sin embargo de que, para tener la menor oportunidad de éxito en mi trabajo, tengo que dejar de pensar en mi desgracia cuando estoy trabajando. Pero no sólo no creo que por el momento pueda conseguirlo, sino que la sola idea de que pudiera ocurrir me repugna. Me parece que después de haber perdido a

Pierre no debo reírme de corazón nunca más hasta el final de mis días.

Mañana del 11 de mayo de 1906

Pierre mío, me levanto después de haber dormido bien, relativamente tranquila, apenas hace un cuarto de hora de todo eso y, fíjate, otra vez tengo ganas de aullar como un animal salvaje.

14 de mayo de 1906

Mi pequeño Pierre, quisiera decirte que los ébanos falsos han florecido, y que las glicinias y el espino blanco y los lirios empiezan, te habría encantado ver todo esto y calentarte al sol. Quiero decirte también que me han nombrado para tu puesto y ha habido imbéciles que me han felicitado. Y también que sigo viviendo sin consuelo y que no sé en qué me convertiré ni cómo soportaré la tarea que me queda. Por momentos, me parece que mi dolor se debilita y se adormece, pero enseguida renace tenaz y poderoso.

Quiero decirte que ya no me gustan ni el sol ni las flores, verlos me hace sufrir, me siento mejor con un tiempo sombrío como el del día de tu muerte, y si el buen tiempo no me parece odioso es porque mis hijas lo necesitan.

[...]

El domingo por la mañana fui a la tumba de mi Pierre. Quiero hacer un panteón y habrá que trasladar el ataúd.

Trabajo en el laboratorio todos los días, es todo lo que puedo hacer; estoy mejor ahí que en ningún otro sitio. Siento cada vez más que mi vida contigo se ha terminado irrevocablemente.

Pierre mío, todo ha pasado ya y se aleja de mí cada vez más; me queda la tristeza y el desaliento. No concibo nada que me pueda dar una alegría personal salvo quizá el trabajo científico; y tampoco, ya que si lo consiguiera, me afligiría que tú no supieras nada. Pero este laboratorio me produce la ilusión de conservar un resto de tu vida y las huellas de tu paso.

He encontrado un pequeño retrato tuyo junto a la balanza, un retrato de aprendiz, es cierto, y en absoluto una obra de arte, pero con una expresión sonriente tan bonita que no puedo mirarlo sin que los sollozos me agiten el pecho, porque nunca más volveré a ver esa dulce sonrisa.

10 de junio de 1906

Lloro mucho menos y mi pena es menos punzante, sin embargo no olvido. Todo está triste a mi alrededor. Las preocupaciones de la vida ni siquiera me dejan pensar en paz en mi Pierre. Pero he intentado rodearme de un gran silencio, hacer que todo el mundo se olvide de mí. A pesar de eso, apenas puedo vivir con mis pensamientos. La casa, las niñas y el laboratorio me dan preocupaciones constantes. Pero en ningún momento olvido que he perdido a Pierre, sólo que apenas puedo concentrar mi pensamiento en él y espero con impaciencia los momentos en los que puedo hacerlo. He visto cómo lo trasladaban en la caja que lo encierra al panteón provisional. Estaba tan cerca de mí y me habría gustado tanto verlo. Esa caja que encierra lo que yo más quería en el mundo, cómo lamento que vayamos de nuevo a sellarla bajo tierra. Siento la necesidad de ir al cementerio. Allí estoy más cerca de Pierre y más tranquila para sumirme en mis pensamientos. Soporto la vida, pero no creo que nunca más pueda disfrutar en lo que me queda. No tengo un alma alegre ni serena por naturaleza, me refugiaba en la dulce serenidad de Pierre para sacar el coraje, y esa fuente se ha agotado.

Tú eras la encarnación del encanto y de la nobleza y de los dones más divinos. Nunca antes de conocerte había visto un hombre igual a ti y jamás he visto después un ser tan perfecto. Si no te hubiera conocido, no habría sabido jamás que algo así pudiera existir en realidad.

6 de noviembre de 1906

Ayer di la primera clase sustituyendo a mi Pierre. ¡Qué desconsuelo y qué desesperación! Te habría hecho feliz verme como profesora en la Sorbona, y yo misma lo habría hecho por ti encantada. Pero hacerlo en tu lugar, oh, Pierre mío, ¡se podría soñar una cosa más cruel, cómo he sufrido, qué desanimada estoy! Siento que la facultad de vivir ha muerto en mí, y no tengo más que el deber de criar a mis hijas y continuar la tarea aceptada. Quizá sea también el deseo de demostrar al mundo y sobre todo a mí misma que aquella a quien tú amaste realmente valía algo. Tengo también la vaga esperanza, bien débil desgraciadamente, de que quizá tú conozcas mi vida de dolor y esfuerzo y que me estarás agradecido y que así quizá sea más fácil reencontrarte en la otra vida, si la hay. Si así fuera, tengo que poder decirte que he hecho todo lo posible por ser digna de ti. Ésa es ahora la única preocupación de mi vida. Ya no quiero pensar más en vivir para mí misma, ya no tengo el deseo ni la facultad para ello, ya no me siento para nada viva ni joven, ya no sé qué es la alegría ni el placer. Mañana cumpliré treinta y nueve años. Puesto que estoy decidida a no seguir viviendo para mí misma y a no hacer nada con ese fin, quizá me quede aún un poco de tiempo para llevar a cabo al menos en parte las tareas que me he impuesto.

Esa mañana antes de la clase fui al cementerio, frente a la tumba en la que estás. Hacía mucho tiempo que no había ido, por la estancia en St. Rémy y por la preparación del curso. Cuando viva en Sceaux quiero ir a menudo, porque creo que allí podré pensar en ti más tranquilamente que en otros lugares donde la vida me distrae constantemente.

Abril de 1907

Hace un año. Vivo para sus niñas, para su padre anciano. El dolor es sordo, pero sigue vivo. La carga pesa sobre mis hombros. ¿Cuán dulce sería dormir y no despertar más? ¡Qué jóvenes son mis pobres cariñitos! ¡Qué cansada me siento! ¿Tendré todavía el coraje de escribir?

ÍNDICE